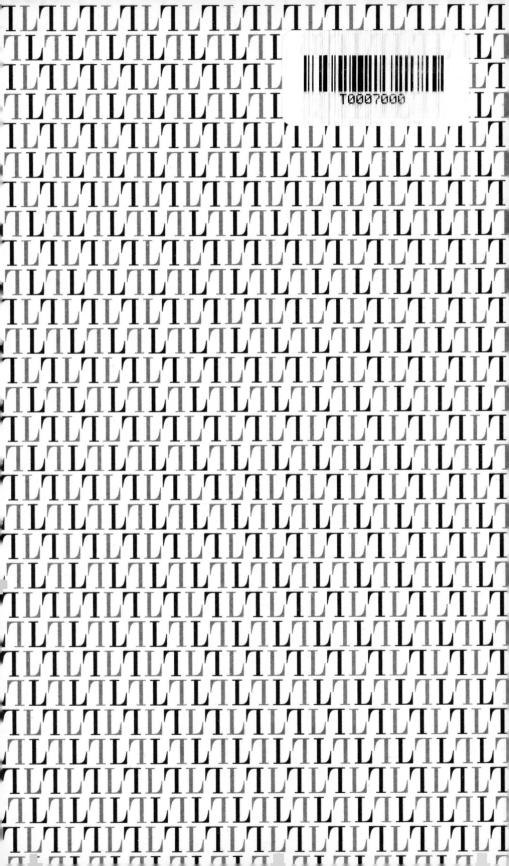

Historia de una mujer soltera

Historia de una mujer soltera

Chiyo Uno

Lumen

narrativa

Título original: *Aru hitori no onna no hanashi*

Primera edición en este formato: febrero de 2023

© 1971, Chiyo Uno
English translation © 1992, Rebecca Copeland and Peter Owen
© 1992, Rebecca Copeland y Peterw Owen, por la traducción al inglés
© 1996, 2023, Penguin Random House Grupo Editorial, S. A. U.
Travessera de Gràcia, 47-49. 08021 Barcelona
© 1996, Marc Bassets y Néstor Busquets, por la traducción

Printed in Spain – Impreso en España

ISBN: 978-84-264-2472-3
Depósito legal: B-22387-2022

Compuesto en M. I. Maquetación, S. L.
Impreso en Liberdúplex,
Sant Llorenç d'Hortons (Barcelona)

H 4 2 4 7 2 3

1

La casa donde Kazúe nació no era muy grande. Constaba de la habitación del altar, el cuarto de estar, la tienda, la trastienda y la habitación del reloj; y, al otro lado de la entrada y del «jardín», estaban la cocina y el salón exterior. Quizás no era muy grande, sin embargo para un pueblo era de tamaño excepcional. Una valla de madera negra de nueve pies de altura cercaba la casa y dentro una barandilla barnizada de rojo satinado rodeaba la tienda. Kazúe no estaba segura de por qué a aquella habitación se le llamaba «tienda», ya que allí nunca se compró ni vendió nada. Era una costumbre local tener una «tienda» en la casa, o al menos eso creía Kazúe. El término «jardín» era también una peculiaridad de la región, ya que la zona designada como tal no era en absoluto un jardín sino el pasaje que se prolongaba desde la puerta de entrada hasta la parte trasera de la casa. Era un sendero lóbrego que iba desde la puerta lateral, situada en la entrada de la planta baja, pasada la cocina, a lo largo del salón exterior, hasta un jardín donde había un pequeño estanque. Desde ahí, se podía acceder a un edificio anexo, que albergaba el baño y el pozo. Si se necesitaba sacar agua en un día lluvioso, se podía llegar al edificio exterior protegiéndose bajo los socarrenes. Desde el pozo se podía ver el techo del establo, o «recinto de los caballos», como se llamaba en la región. Detrás del recinto había un huerto con mandarinas y una avenida de bambúes.

Kazúe nació en esta casa hace unos setenta años. Nunca vio la cara de su madre, la madre que la trajo al mundo. Pero cuando era jovencita la gente la rodeaba cada vez que paseaba por el pueblo y decía: «¡Vaya, señorita Kazúe, eres la viva imagen de tu okaa!». Kazúe imaginaba que su madre se le debía parecer bastante. Por alguna razón desconocida, no tenía ni una fotografía de su madre. Pero nunca se sintió sola sin ella. Y nunca pensó que era desdichada porque su madre muriera tan joven. Quizás se sentía así porque tan solo era una cría cuando murió. No recordaba nada de ella y no quedaba nada en la casa que le permitiese hacerlo: nada que hubiera usado, ninguna ropa que hubiese llevado. Lo único que quedaba era la lápida en el altar familiar con el nombre de pila de su madre junto a su nombre budista póstumo.

Una vez, cuando Kazúe era mayor, alguien le contó que su madre murió cuando ella estaba aprendiendo a caminar. La vigilaba desde su cama, enferma, mientras Kazúe se tambaleaba por la habitación agarrando una linterna de papel rojo con la vela encendida.

—¡Cómo me hace sufrir esta niña! —decía, y empezaba a llorar.

El episodio siempre recordaba a Kazúe una escena de novela de jovencitas. Y aunque sabía que era un «recuerdo» de su propia infancia, no la entristecía. Evidentemente creía que su madre se había preocupado mucho por ella, aunque esto no era un lastre para Kazúe. La madre que Kazúe guardaba en su corazón era demasiado abstracta para ser considerada un ser vivo.

Sus sentimientos no cambiaron hasta que, hace poco, Kazúe atravesó el umbral de los setenta años. Un día se paró a pensar y se sorprendió considerando el milagro de su nacimiento, cómo ese cuerpo suyo llegó al mundo. De repente sintió profunda gratitud hacia su madre, hacia aquella joven cuya cara no podía ni recordar.

—Gracias por darme la vida —susurró, y sintió que el calor se extendía por su corazón como una ola.

¿Cuáles eran pues los primeros recuerdos de Kazúe? Quizás sus primeros pasos. El suelo de la tienda estaba unas tres pulgadas más abajo que el del salón. Kazúe se agarraba a la columna del salón y miraba fijamente al suelo de la tienda. Entonces deslizaba con cautela un pie hacia la superficie más baja. Una vez había apoyado este pie con seguridad, repetía la operación con el otro. ¡Así! ¡Lo había conseguido! Estaba abajo. Kazúe nunca ha olvidado la satisfacción que, mezclada con terror, sentía en ese momento.

Hace siete u ocho años Kazúe se rompió la cadera y la tuvieron que operar. Estuvo escayolada, sin poder moverse, durante siete meses. Cuando su cadera mejoró, intentó andar por la habitación ayudándose de unas muletas. Pero se dio cuenta de que estar inmovilizada durante siete meses la había dejado sin poder andar. Simplemente no podía recuperar el movimiento de las piernas, hacia adelante, en ritmos alternados.

—A ver, ¿cómo se camina?

No, no era precisamente que lo hubiera olvidado. Había perdido la capacidad de ejecutar el proceso.

—Pie derecho —decía la persona que la ayudaba—. Ahora con la izquierda.

Kazúe daba con lentitud un paso adelante a cada orden.

—Siento la misma inseguridad que cuando, de pequeña, intentaba superar el obstáculo de la tienda. Sí, ¡así es como me siento!

El recuerdo la unía con la niña que había sido.

Tras la muerte de su madre, Kazúe vivió durante un tiempo con la familia de su padre en Takamori. La casa estaba alejada del centro, a unas doce millas de su hogar. Cuando digo centro, no me refiero al centro del pueblo sino al centro de las montañas. Kazúe recuerda la casa de Takamori porque sus visitas continuaron cuando, ya mayor, conoció la realidad de su entorno familiar. Algunas veces atravesaba las doce millas de la carretera de la montaña en coche, otras a caballo e incluso algunas veces a pie. Descansaba en la cabaña del té que se encontraba en el desfiladero antes de adentrarse en las montañas.

Una vez en Takamori, el sendero de la montaña se convertía en una ancha avenida por cuyo centro corría un riachuelo bordeado de sauces. La avenida, aunque dividida en dos por el río, estaba flanqueada a un lado por los sauces y al otro por casas elegantes. La casa de los parientes de Kazúe se encontraba hacia la mitad de la avenida.

Cuando eventualmente Kazúe recuerda Takamori, se sorprende de que hubiera casas de semejante belleza escondidas entre las montañas. Había poco más que una calle de casas, pero Kazúe se decía a menudo que la única razón de que existieran era que la casa de su padre se encontraba entre ellas. ¿Era una ilusión fruto de la creencia de que su familia era especial?

Los parientes de su padre habían sido fabricantes de sake durante generaciones y generaciones. Un muro blanco cruzado por gruesos travesaños negros que parecían indestructibles rodeaba el recinto. Una pizarra pesada, con las palabras «Destilería de Yoshino» cinceladas en letras gruesas, colgaba de los aleros sobre la entrada de la tienda. Barriles de sake amontonados rodeaban el mostrador y enfrente había una pesada tabla de ciprés cubierta de copas para medir, cuadrangulares, de madera y de todos los tamaños.

Cuando los clientes entraban a comprar sake, saludaban al dependiente mientras este medía el licor. Se movía de manera arrogante, casi con desdén:

—Sí, supongo que os lo venderé.

¿Era aquella inversión de papeles representativa del prestigio de la familia?

En la trastienda había un estrado con un tatami donde se sentaba el tío de Kazúe, el hermano mayor de su padre. Su tío era cojo de nacimiento. En verano, en invierno, durante todo el año tenía la calefacción bajo la tabla tapizada y ahí se sentaba y dirigía el negocio, sin reñir pero con una voz fuerte y autoritaria.

Kazúe pasó su infancia allí. Por lo menos, eso le han dicho. No tiene en absoluto recuerdo alguno de su infancia en Takamori, ni manera alguna de saber si estuvo medio año, tres o más. ¿Pero acaso no fue estando allí cuando llegó a entender la naturaleza especial de la familia de su padre, peculiaridad de la que ella también era partícipe? Por esta razón se veía a sí misma no solo como una chiquilla sino como la sobrina de Yoshino.

2

La firmeza de la convicción de Kazúe era en sí misma inusual. La familia de su padre era conocida en las ciudades y pueblos vecinos por sus significados sustanciales. Pero ¿qué efecto podía tener en una simple sobrina?

Hace tiempo —unos setenta y cinco años— la gente aceptaba enseguida que una distinción conferida a una familia fuese compartida por todos sus miembros, por muy lejanos que fuesen. Esto significaba que hasta el padre de Kazúe tenía derecho a este honor. Y Kazúe fue educada en medio de las mismas expectativas.

Kazúe recuerda que le contaron un incidente ocurrido mientras estaba en Takamori. Era una niña enfermiza. A veces pasaba días sin ningún movimiento intestinal. Su tía le decía riendo cómo tenía que arreglárselas para hacer funcionar las tripas.

La tía de Kazúe era muy guapa. A pesar de ello a nadie le extrañó que se casara con un minusválido. Kazúe no ha olvidado la sonrisa de su tía, ya que es difícil encontrar una más encantadora. No importa cuántas veces la llevaron a Takamori cuando era una cría, Kazúe solo recuerda la cara de su tía.

Cuando la mandaron de vuelta a casa se encontró con una nueva madre. ¿Pensó realmente que tenía una nueva madre? La mente de Kazúe no hacía distinción entre su primera madre y la nueva. No sabía que la madre que la trajo al mundo había muerto y así creía que su nueva madre había estado siempre en la casa. La llamaba «Okaka».

Más tarde, cuando Kazúe empezó a ser mayor, se dio cuenta de que su madre solo tenía diecisiete años cuando fue escogida para ser la segunda mujer de su padre. Kazúe tenía cuatro años cuando su hermano Satoru nació. Tenía siete años cuando nació Nao y nueve cuando lo hizo su hermana Tomoko. Yoshio apareció cuando ella tenía once y Hideo cuando tenía catorce. Su madre trataba de manera claramente diferente a estos hijos que a Kazúe. «Esperad a que vuestra hermana mayor haya comido», decía amonestando a sus hijos. «Esperad a que vuestra hermana mayor vaya al baño». «Esperad a que salga del baño». Kazúe, claro está, era la susodicha hermana mayor. Su madre se aseguraba de que Kazúe fuese la primera en todo. Pero ¿en qué momento se dio cuenta Kazúe de aquel trato de preferencia? Y ¿cómo se sintió cuando se enteró de que esa mujer no era su verdadera madre? ¿Qué era una madre verdadera, a fin de cuentas? Kazúe no estaba segura. Y ¿había que apiadarse de ella por no tener una madre verdadera?

Kazúe asimiló su posición en la familia de forma casi instintiva y se comportaba en consecuencia: Bueno, de hecho no es que hiciese un esfuerzo consciente para comportarse de una manera u otra. Simplemente aceptó, sin cuestionarlo, el papel que se le había asignado y quería a su madre tal y como era.

Su madre le contaba a menudo una historia. A los diecisiete años había contraído matrimonio con el padre de Kazúe, que tenía cuarenta y había pasado la mayor parte de su vida en escandaloso libertinaje. Eran dispares como el día y la noche. La madre de Kazúe lloraba a menudo. Una noche, ya tarde, decidió que no aguantaba ni un minuto más y se escapó a casa de sus padres en el pueblo de Kawashimo, a menos de tres millas de distancia.

Viviendo tan cerca, ¿sabían sus padres el tipo de hombre que era el padre de Kazúe? Quizás lo único que les importaba era que fuese un Yoshino, el segundo hijo de esta acaudalada familia de Takamori. Hace setenta años, en aquellos pueblos, no era insólito casarse por tales razones.

—¡Okaka! ¡Okaka! —empezó a gemir y vociferar Kazúe por su madre perdida.

Cuando la muchacha no pudo soportarlo más, se colgó el niño a la espalda y partió hacia Kawashimo. Kazúe se imagina el escándalo que debió organizar persiguiendo a su madre con la cara llena de lágrimas. La casa de Kawashimo estaba cerca de un embarcadero cubierto de bambúes. Kazúe todavía puede oír el viento susurrando suavemente entre las cañas de bambú: *zawaa, zawaa*. Le contaron que se quedó al pie del embarcadero sollozando. «¡Si no hubieras venido tras de mí, no sé si hubiese vuelto jamás!» Así es como la madre siempre acababa la historia. Su hermano pequeño, Satoru, nació poco después.

Su madre no guardaba rencor a Kazúe por lo que había hecho. No, parecía que le gustase contar lo sucedido porque era la manera de traducir en palabras la extraña mezcla de fatalidad y fortuna que vivió. Había dado a luz a aquellos niños y, aunque no se podía decir que hubiese tenido una vida feliz, había sido capaz de resignarse. «Someterse» sería la palabra adecuada. Y esto ocurrió porque ella y Kazúe, aun sin ser madre e hija, se querían.

¿Qué recuerdos guardaba Kazúe de su padre? Su primer recuerdo claro era el ruido de los cascos de los caballos, día sí, día no. Pero parecía que el techo de paja del establo estuviese siempre a punto de hundirse y Kazúe no recuerda haber visto nunca un caballo allí dentro. Sin embargo, le han dicho que su padre guardaba numerosos caballos. Y una vez, cuando estaba curioseando a oscuras en el armario de la tienda, encontró muchos vales de premios, de los que se otorgan a los propietarios de caballos de carreras. Todos y cada uno de ellos llevaban el nombre de su padre. ¿Había hecho participar su padre a un caballo en alguna carrera? Y, si era cierto, ¿por qué lo había dejado? Quizás era extraño, pero nadie en su familia preguntaba jamás por su padre. Simplemente no se hacía y Kazúe no recuerda haberle preguntado a su madre nada acerca de él. ¿Acaso no quería saber nada? ¿O era la suya la actitud del granjero que nunca pregunta a los demás si el día de mañana lloverá o nevará?

En los recuerdos de Kazúe su padre siempre está sentado en la habitación del reloj, desde donde podía ver más allá del estanque del jardín. Siempre se estaba quejando. En el huerto había plantado no solamente mandarinas sino también gran variedad de limoneros y un viñedo. Desde la habitación del reloj podía ver todo el terreno y, al mismo tiempo, vigilar las demás habitaciones de la casa. Su padre se sentaba allí con los labios fuertemente apretados, expresión característica en él. Mucho, mucho más tarde, empezó a criar canarios y currucas, curar minás y otros pequeños pájaros. Su padre siempre estaba ahí sentado, sin decir ni una palabra a nadie, y pensar en él criando caballos, peces, pájaros y estando en contacto con criaturas vivientes parecía incongruente y al mismo tiempo completamente natural.

—¡Kazúe! —la llamaba con brusquedad, y ella corría, a toda prisa, hacia la puerta de la habitación del reloj.

Más tarde, cuando vio dramas históricos, se dio cuenta de que su comportamiento había sido el de un leal samurái. No entraba en la habitación de su padre corriendo sino que esperaba arrodillada su llamada. Su padre hablaba con ella dando órdenes.

—¡Ve y consigue tréboles! ¡Tráeme un cesto lleno!

Daba de comer tréboles a sus pájaros. Y Kazúe salía a la plantación de bambúes de detrás de la casa.

3

Las órdenes de su padre nunca fueron causa de sufrimiento para Kazúe. Claro está, como no tenía más remedio que obedecerlas, no importaba que las encontrase o no desagradables. Sus órdenes no se prestaban a discusión y esta es la razón por la cual no la afectaban.

Al padre de Kazúe le gustaba beber sake y, cuando volvía tarde a casa, la mandaba a comprar un poco. Kazúe no sabía con certeza por qué nunca tenían sake en casa. Si tanto le gustaba, hubieran debido tener abundantes provisiones. Pero nunca las tuvieron. Kazúe se iba con Satoru cogido de la mano. Sí, nunca iba sola, sino que llevaba a su hermano consigo. La tienda de sake se hallaba en Okinomachi. Era una tienda grande y un poco alejada de la casa. Estaba en un paseo con casetas al aire libre en la carretera del pueblo, donde los jinetes y los granjeros se paraban a descansar y a beber una copa antes de proseguir su viaje hacia la montaña. Enfrente de cada caseta había una tabla con el pescado hervido aquel día. No eran exactamente tiendas de licor, pero, como vendían bebidas, Kazúe las compraba siempre allí. El dueño le llenaba la botella y entonces ella le preguntaba qué tipo de pescado servían ese día.

—Tenemos pescado de roca hervido con brotes de bambú, carne de ballena con *miso* avinagrado y sepia hervida. Ahora, cuando vuelvas a casa, coge la botella con cuidado —le decía la dueña.

Por botella, evidentemente, se refería al frasquito de barro para sake. Hablaba como compadeciendo a Kazúe, lo que a esta no le hacía ninguna gracia. No quería que se la compadeciese. Cogía la botella en una mano y con la otra agarraba a Satoru. Mientras volvía a casa, repetía una y otra vez: «Pescado de roca hervido con bambú, carne de ballena con *miso* avinagrado, sepia hervida...». Memorizaba la lista, ya que su padre siempre le preguntaba por los platos del día. Luego él volvía a mandarla a la tienda a comprar pescado de roca.

En la carretera de las casetas había una tienda de tinte para el pelo, el almacén de sake y una farmacia. Una tenue luz se filtraba por los socarrenes de cada tienda. De no ser por esto la carretera estaría negra como boca de lobo. Las otras casas a lo largo y a lo ancho de la carretera cerraban rápidamente las persianas, y estaban ya a oscuras. Había un pequeño riachuelo en el camino, el Omizo. Un puente de piedra lo atravesaba. La carretera cambiaba de dirección y giraba hacia los campos de arroz de Oki, y cada vez que alguien cruzaba el puente se encontraba con una ráfaga de viento. Kazúe se daba prisa. Tenía miedo. A pesar de ello, nunca pensó que le asustaría cruzar el puente oscuro, aunque, según las historias que contaban otros niños, por allí había zorros.

—No tengo miedo —se decía Kazúe.

Apretaba con fuerza la mano de Satoru y se daba prisa en cruzar el puente.

Aquellos que conozcan la historia de Kazúe se preguntarán por qué su madre no hizo nada para detener a su padre. ¿No podría haber ido ella en lugar de la chica? No, no era posible en aquella familia. El padre enviaba a Kazúe a hacer estos recados. No enviaba a la madre. Es extraño pero, siendo como era una niña, Kazúe lo entendió sin tener necesidad de que se lo explicasen. ¿Pensó que su madre hubiese podido frenar al padre? ¿Pensó que su madre hubiese podido ir en su lugar? Atravesaba los caminos oscuros para hacer los recados arrastrando a su hermanito, porque ella era Kazúe y este era su trabajo. Su padre le decía que fuera y ella iba. También iba en las noches nubladas y en las noches lluviosas.

Así funcionaban las cosas en la familia. Podía parecer cruel a los extraños, pero no lo era para ella. Como, por ejemplo, cuando Kazúe fue a la escuela. Siempre salía de casa con sandalias de hierba tejida. Pero si en el camino empezaba a llover, se arremangaba el dobladillo del kimono y continuaba descalza. «Tus pies se mojarán pero no se pudrirán. Las sandalias de hierba, sí», recordaba que le decía su padre.

Cuando llegó el invierno y la lluvia se convirtió en nieve, siguió haciendo lo mismo. Llevaba las sandalias en las manos y caminaba descalza por la nieve. Kazúe nunca tomó la carretera que atravesaba el pueblo. Siempre caminaba a lo largo del embarcadero, por detrás del pueblo, siguiendo el camino que bordeaba el Omizo. Lo hacía para que no la viesen. No le gustaba oírles hacer comentarios en cuanto la veían: «Oh, qué vergüenza. Ahí va la señorita Kazúe descalza una vez más». Quizás caminaba descalza por la nieve. Pero no quería que la compadeciesen.

Cuando volvía de la escuela, se quedaba encerrada el resto del día. No recuerda que se le prohibiese salir, sencillamente no salía. Compañías ambulantes de marionetas y espectáculos de monos pasaban por la ciudad de vez en cuando. Como siguiendo algún tipo de regla, siempre instalaban sus baúles en el descampado que había entre la casa de Kazúe y la tienda de segunda mano del otro lado de la calle. Y entonces agitaban sus carracas:

—¡Oriente y Occidente! ¡Venid, venid aquí todos!

Los niños del vecindario se reunían a su alrededor, gritando y alborotando. ¿Intentó alguna vez Kazúe reunirse con los chicos cuando les oía gritar? ¿Nunca tuvo la curiosidad de echar un vistazo cuando oía la llamada de los titiriteros: «¡Venid, venid aquí todos!»? No, los otros niños asistían al espectáculo porque eran los otros niños. Kazúe era la hija de su padre y no tenía por qué mirar.

Cada vez que, sin quererlo, recuerda la vida austera que llevaba de niña, Kazúe es presa de una profunda emoción. Pero no cree que la niña de sus recuerdos inspire especial lástima. Su padre no la castigaba como lo hacía porque creyese que era lo más apropiado. Era simplemente la única disciplina que conocía. Eso era todo.

Su padre tenía cuarenta años cuando alquiló una casa en la ciudad. Dos veces al mes recibía dinero de Takamori. El Correo Oriental, el cargamento que una vez al día viajaba de Takamori a su ciudad, traía un cofre que contenía una carta del tío de Kazúe y un paquete con dinero. El cofre era viejo, de un color rojo pardusco, e iba asegurado por un pesado candado. Kazúe nunca vio el dinero y nunca supo por qué el dinero tenía que venir de Takamori.

Cuando llegaba el atardecer su padre le decía:

—Kazúe, ve y compra la gaceta del mercado.

Kazúe ignoraba lo que era. Atravesaba el puente de Garyō y caminaba hacia el pueblo. No ha olvidado la tienda al pie del embarcadero conocida con el nombre de Matsumara. Allí compraba la gaceta.

Y además había épocas en que su padre no volvía a casa en dos días.

4

Kazúe y su madre envolvían comida e iban a la comisaría, al otro lado del puente de Garyō. Su padre llevaba dos días o más encarcelado. ¿Qué había hecho? Más tarde oyó que lo habían pillado apostando.

Yacía en medio de una habitación oscura. Kazúe no sabía qué era apostar, pero cuando miró a su padre, vio que tenía la misma expresión que cuando estaba en la habitación del reloj. ¿Cómo podía ella creer que lo habían cogido haciendo algo malo? ¿Qué hacía en aquel lugar? Kazúe no hizo ninguna pregunta. Como ya he dicho, no preguntaba nada acerca de su padre. Lo entendió con solo mirarle. Entonces, ¿para qué preguntar? Cuando le vio sentado en aquella habitación de la comisaría apretando los labios con fuerza, no pensó ni por un instante que lo hubiesen podido arrestar por algo vergonzoso.

Y quizás su padre tampoco pensó que tenía de qué avergonzarse. Cuando ella preguntó, más tarde, se enteró de que a su padre le gustaba apostar. Asumió que ser jugador nato era parte de su personalidad.

Kazúe llegó a enterarse de todo esto tras la muerte de su padre. Se marchó de casa cuando era joven e hizo lo que se le antojó. Siempre tuvo dinero porque, a fin de cuentas, era el segundo hijo de los Yoshino. El dinero nunca fue un problema. Pero, dondequiera que fuese, no tenía más remedio que llevar una vida libertina. Hasta pasados los cuarenta no sentó cabeza en su casa de Kawa nishi. Según los rumores, su padre estaba predestinado a heredar la posición que su familia tenía en Takamori. Su hermano era cojo de nacimiento y nadie creía que se pudiese hacer cargo del negocio. Según la opinión de todos, el padre de Kazúe era el más indicado para el puesto. Pero les dio la espalda y se fue a correr mundo. Abandonó su hogar, pero ¿tenía previsto pasar el resto de sus días lejos de la opulencia familiar? No era su intención. Efectivamente no lo era, aunque su auténtica intención estuviese escondida en lo más hondo de su corazón;

y ¿no pensaban sus más allegados que era exactamente esto lo que tenía que hacer? Y ¿no era esta la razón por la cual nunca se esforzó por conservar un trabajo? Y ¿carecer de trabajo no era la razón por la cual no se avergonzaba de ser un jugador?

Kazúe oyó todo tipo de anécdotas acerca de su padre, pero, cada vez que oía a alguien hablar de su padre, no era en tono despreciativo sino como si recordasen las hazañas de un bandolero. No, siempre explicaban estas historias con gran respeto, lo cual extrañaba mucho a Kazúe.

Su padre visitaba con frecuencia el Daimyō Koji, el barrio de vicio del pueblo. Allí era conocido por ser un mujeriego amigo de las diversiones. A veces, vestía a Kazúe con todas sus galas y se la llevaba con él. O eso le dijeron, ya que no recuerda nada. Una vez, cuando organizó una gran fiesta en el barrio, conspiró con el jefe para meter a una muchachita en una de las perolas para la sopa. Cuando su invitado levantó la tapa, la muchachita apareció agitando sus delgados brazos y silbando. Era una historia divertida, pero hubo quien no se la creyó. Después de todo, ¿no habría la chica armado jaleo mientras traían las escudillas y las colocaban una por una delante de cada invitado? Quizás la historia era un poco inverosímil.

También está la de su padre y su caballo. Le encargaron que guardase unos cuantos caballos, pero, según la anécdota, escribió a Takamori pidiendo dinero para uno más. Su hermano mayor le aconsejó moderarse con sus aficiones y rechazó su demanda. Entonces el padre de Kazúe montó en su caballo y viajó doce millas hasta llegar a Takamori. Cuando llegó, dicen, arremetió con su caballo contra el estrado en el que se encontraba sentado su hermano mayor. Su tío siempre había hecho oídos sordos ante la conducta violenta de su hermano menor; y el padre de Kazúe siempre actuaba de forma ultrajante, porque sabía que su comportamiento sería perdonado. Kazúe no cree que esta historia sea un cuento chino.

Su madre le contó otras anécdotas. Por la manera en que las explicaba, Kazúe creía que estaba orgullosa de la maldad de su marido. El padre de Kazúe era un hombre muy especial. Se le perdonaba sin que importara lo que hubiera hecho. O al menos eso le parecía a Kazúe. Pero ¿era posible? Su propio padre contestaría a esta pregunta cuando escogió cómo morir. Pero esta es una historia que debo guardar para más tarde.

Kazúe solo tiene un recuerdo de su padre y de su madre juntos. Su madre era tan joven como para parecer hija de su padre. Era tímida y dudaba en todo lo que hacía. Su padre la llamaba tontita. Algunos días Kazúe perdía la cuenta de la cantidad de veces que oía a su padre usar esta palabra. ¿Qué significaba a fin de cuentas casarse? A Kazúe nunca se le ocurrió preguntarlo. Pero no ha olvidado cómo se resignó a oír a su padre llamar tontita a su madre, como si fuera un hecho irrefutable.

Pero luego llegó aquella noche. Kazúe se levantó de repente al oír que alguien lloraba. «Es Okaka», se dijo. Estaba segura de que su padre dormía, pero entonces le oyó hablar lentamente, en voz baja, intentando tranquilizar a su mujer. La voz era tan tierna que le costó creer que era la suya.

La imagen que Kazúe conserva de su madre joven es el aspecto que tenía cuando iba bien peinada. La peluquera se llamaba Oyone y era de Okinomachi. Era bizca y parecía que siempre estuviese mirando de reojo. ¡Qué raro es que Kazúe pueda recordar el nombre de la peluquera, entre tantas cosas! Su madre extendía papel blanco y suave en la terraza y allí encima alineaba sus instrumentos de peluquería. Colocaba en el soporte su espejo, antiguo y muy usado, y se arrodillaba para que la peinasen. Kazúe nunca olvidará cómo el padre la miraba, inmóvil a un lado, mientras hablaba con ella. O quizás estaba hablando a Oyone, feliz de tener alguien con quien bromear. Era una escena tan inusual que no es fácil olvidarla.

La madre de Kazúe tenía la piel blanca. Era una mujer bella. Quizás podía incluso decirse que era alegre por naturaleza. Cada vez que el padre de Kazúe salía, su madre cantaba mientras lavaba la ropa en la pileta. Parecía que la hubiesen liberado. Kazúe recuerda fragmentos de las canciones:

Si el dinero apareciese al golpear la palangana...

¡Te he dado suflé de espinacas,
apresúrate y dame el ramillete de bodas!

Kazúe no entendía del todo el significado de las canciones, pero siempre se unía en los estribillos.

5

¿Cómo se las arreglaba la familia de Kazúe para llegar a fin de mes? Kazúe nunca pensó demasiado en ello cuando era joven. Pero sabía que, a primeros y mediados de mes, un servicio de mensajeros les traía dinero. ¿Cuánto dinero contenía el cofre? Probablemente suficiente para cubrir los gastos de la casa y las deudas de los vicios de su padre. Seguro que así era. Y, sin embargo, en cuanto Kazúe fue lo bastante mayor para entender lo que pasaba a su alrededor, se dio cuenta de que el número de criados al servicio de la familia iba disminuyendo hasta no quedar ninguno. Cuando la fruta que su padre había cultivado en el huerto y en la pérgola de detrás de su casa estaba madura, aparecían los compradores. Lo mismo ocurría cuando era la temporada de las cañas de bambú. Más tarde su padre incluso se las arregló para vender las ramas florecidas de los ciruelos de su jardín a un florista de Hiroshima. Los pétalos eran amarillos.

—Estas son flores aromáticas. Huelen bien, ¿verdad? —exclamaba la madre de Kazúe.

El dinero que ganaban vendiendo lo que podían aumentaba los beneficios familiares. A pesar de que Kazúe conocía estas actividades, ¿era realmente consciente de la pobreza de su familia? ¿Cuándo cayeron tan bajo? ¿Cómo? Kazúe no lo sabía. La caída había sido progresiva y nadie pareció darse cuenta.

Cuando Kazúe tuvo edad para ir a la escuela, vio que su material escolar era bastante diferente del de otros niños. Cuando llegaba la clase de caligrafía, Kazúe empezaba con un pedazo de papel nuevo, pero, tras escribir por ambas caras, tenía que seguir el resto del ejercicio en periódicos viejos. Sus lápices eran cortos, pero nunca los tiraba, aunque estuviesen tan gastados que solo les quedase la mina. Cogía la corteza del bambú que se utilizaba para envolver la punta del pincel de escribir, la deslizaba hasta la punta del lápiz y la ataba fuertemente con un cordel. De esta forma, podía seguir escribiendo con la mina del lápiz. Kazúe no recuerda que nadie le enseñase ese truco y tampoco recuerda sentirse avergonzada por tener que ahorrar para ir a la escuela. Para sus clases de caligrafía los otros niños utilizaban hojas de papel blanco de calidad. A veces desechaban lápices sin que estuvieran muy gastados. Kazúe lo veía, pero no sentía envidia. Eran hijos de otra gente y por eso hacían lo que hacían. Kazúe era hija de su padre y actuaba de manera diferente. Lo tenía muy claro. Pero ¿no era esto demasiado cruel, tratándose de una niña? No, para Kazúe los pormenores de su vida eran inevitables como el viento y la lluvia. No se puede luchar contra los elementos, hay que aceptarlos. Todo lo que tenía que hacer era evitar a la gente y sus continuos comentarios: «¡Qué vergüenza para la pobre señorita Kazúe!».

Cuando el padre de Kazúe vivía, había una única regla inquebrantable. Quizás solo se trataba de uno de los caprichos de su padre, pero a Kazúe le parecía que no por ser un capricho la regla tenía menos valor. Y la regla era que cada vez que su padre quisiese algo, Kazúe tenía que identificarlo y actuar inmediatamente para conseguirlo. De alguna manera, esta era la única felicidad que conocía. Era una carga cruel para una niña. Pero ¿era realmente cruel? Porque Kazúe siempre lo hacía por su propia voluntad.

Por lo que he escrito puede parecer que Kazúe era de una naturaleza tan melancólica que no parecía una niña de su edad. Pero, siendo solo una niña, era capaz de interiorizar su limitado conocimiento de la vida y, tras esto, actuar impulsivamente. La vida espartana que su padre le hizo llevar no era suficiente para dañar a la niña que llevaba en su interior. No, Kazúe era capaz de engañarse y por eso no recuerda que la hiriesen.

Kazúe era una estudiante brillante. Cada primavera recibía honores y premios. Uno de los premios era entregado por el alcalde y otro por un antiguo noble. El premio del antiguo noble siempre incluía un regalo: un tintero de piedra o un paquete de hojas para escribir. El regalo era demasiado pesado para que Kazúe pudiese llevarlo a casa y ese día era el único que su padre la acompañaba. Kazúe se vestía con su kimono de seda púrpura estampado de flechas y con mangas largas y anchas. Llevaba el mismo kimono cada año. Era un regalo de Takamori por su séptimo cumpleaños. Le encantaba.

Kazúe andaba por la ciudad junto a su padre; ella parecía muy pequeña enfundada en su kimono y él parecía muy alto con su premio. No volvían directamente a casa, ya que él se la llevaba de aquí para allá a visitar amigos. Se paraban en el restaurante, en el Daimyō Koji, en la casa de las geishas en Kajiyachō, en la tienda de segunda mano y en la tienda donde Kazúe siempre compraba la gaceta del mercado.

—Hoy le han dado un premio a mi mujercita en la escuela —empezaba el padre.

Y la gente, en la tienda o en el restaurante, le rodeaba:

—¡Pero, mirad esto! —exclamaban—. ¡Mirad a la señorita Kazúe!

El comportamiento de su padre siempre cogía por sorpresa a Kazúe. Pero el hecho de ser ella la causante del repentino cambio en aquel hombre le producía un calor en el pecho. Kazúe era feliz. No llevaba las sandalias cosidas con hierba de cada día. Solo por hoy se permitía llevar los zuecos *bokuri* hechos con paja y con la correa roja. Nunca sintió sus pies tan ligeros (sus zuecos altos y lacados hacían *bokuri, bokuri* cuando cambiaba el paso con cuidado, de ahí su nombre). Incluso ahora que Kazúe está en la setentena, sigue llevando una foto suya vestida como aquel día.

¿Se dio cuenta Kazúe de que encontraba la felicidad haciendo felices a los demás? ¿Habría hecho cualquier cosa para conseguir esa felicidad? ¿Todo lo posible? No. No, no lo habría hecho. Excepto por su padre. Por él hubiera cruzado los límites de su propio deseo.

6

Esto es lo que ocurrió el verano después de que Kazúe entrara en el instituto de chicas de la ciudad. Un día, volviendo a casa, oyó que alguien la llamaba.

—¡Señorita Kazúe!

La gente hablaba de ella con respeto, como lo hicieran en el pasado, a pesar de que fuesen tiempos difíciles para su familia.

Kazúe había alcanzado la calzada que bordeaba el Omizo hacia el pueblo de Irata. Al final de la calzada había una caseta al aire libre y era su propietaria quien la había llamado.

—Señorita Kazúe, eche un vistazo. Aquella es su tía, ¿sabe? Ha estado esperando aquí los últimos tres días para verla.

Detrás de la propietaria había una mujer gorda, vestida con un kimono a rayas, que Kazúe nunca había visto. La mujer le sonrió.

—Soy tu tía, querida... la hermana mayor de tu madre muerta.

¿Cómo describir lo que sintió Kazúe al oír esto? ¿De qué madre muerta era hermana? La madre de Kazúe estaba en casa. ¿Significaba esto que tenía otra madre? ¿Una madre muerta? Kazúe no sintió ni un atisbo de nostalgia, pero en cambio le picó la curiosidad. Nunca olvidará aquel momento.

Su tía se sentó en un taburete en el exterior de la caseta, al lado de Kazúe.

—Tráenos *igamochi*, por favor —le indicó a la propietaria.

Igamochi son las tartas de arroz típicas de la región. Están rellenas de judías dulces y recubiertas con granos de arroz teñidos de amarillo, rojo o azul. A Kazúe le encantaban. Pero, de todas formas, no se explicaba por qué estaba sentada al lado de aquella mujer.

—Probablemente esta sea la primera vez que te llamo y hago que te pares, pero te he visto muchas veces. Te he observado cuando volvías de la escuela —le explicaba su tía, mientras le acariciaba el cabello—. Qué pelo más bonito. ¡Y quedaría precioso recogido en un moño!... Bien, vete a casa. Pero, cuando llegues, no le cuentes a tu *okaka* que me has encontrado ni nada por el estilo.

La sonrisa de su tía no cambió. Pero ¿confió Kazúe en esa sonrisa o en la voz amable que la acompañaba? ¿Creyó que se trataba realmente de un encuentro casual? Efectivamente, Kazúe se había sentado a su lado en la caseta e incluso había comido *igamochi* con ella. Pero pensaba en su tía como en una extraña mujer de una tierra lejana. Además, su tía podía haberse ahorrado advertirle a Kazúe de lo secreto de aquel encuentro, ya que Kazúe no tenía intención alguna de decírselo a su madre y aún menos a su padre.

Pero el encuentro de Kazúe con su tía supuso un cambio en su vida. Un día, su padre la llamó y le dijo si quería ir a visitar a su tía. Kazúe no creía lo que oía. ¿Por qué razón tenían que mandarla a casa de aquella mujer? ¿La habían mandado anteriormente a visitar a un extraño? Y de eso se trataba, ¿no?, de una perfecta desconocida. Pero Kazúe no se opuso a la oferta de su padre. Se limitó a contestar.

—Sí.

La casa de su tía estaba en una zona residencial llamada Teppō Koji. Su tío, hombre ya viejo, trabajaba en el palacio de justicia local. Las hojas de los granados se derramaban por encima de la pared blanca que rodeaba la casa. Kazúe nunca había considerado la posibilidad de que su tía viviese en el mismo pueblo.

Se encontró ante una familia alegre y acogedora. Kazúe supo que tenía dos primos: Keiichi y Jōji. Se sintió incómoda y desplazada porque, nada más llegar, sus primos la abrumaron con su parloteo. ¿Por qué la había enviado su padre a aquella casa? Solo él lo sabía.

Su tía había comprado una cinta de color melocotón especialmente para Kazúe. Se la ató al pelo.

—¡Oh, qué bien te queda! ¿No es cierto, Keiichi?

Kazúe tuvo la sensación de que nunca había visto a la chica que se reflejaba en el espejo de su tía. Allí estaba ella, con su pelo corto fuertemente recogido por la cinta. No soportaba mirarse. Al cabo de un rato, Kazúe murmuró:

—Bueno, se está haciendo tarde... me tendría que ir...

—Keiichi, acompaña a Kazúe hasta Kawanishi, ¿de acuerdo? —dijo su tía.

El sol aún no se había puesto del todo. Kazúe y Keiichi caminaban el uno al lado del otro, en silencio, a través de la ciudad. Keiichi llevaba un kimono estampado. El de Kazúe también lo era, pero con una faja de suave muselina amarilla. Se encontraba ridícula con aquella cinta en el pelo. Y ahí estaba, caminando junto a su primo, un chico que no había visto en su vida. Keiichi estudiaba en el instituto de enseñanza media local. Ella no era más que una colegiala e iban caminando el uno junto al otro. Qué escándalo, ¿verdad? Era el tipo de cosas de las que las otras chicas se burlarían y se sonrojarían camino de sus casas a la escuela. Sin embargo, Kazúe ni se inmutaba, pues no creía tener razón para hacerlo.

Atravesaron el puente Garyō y caminaron por la calzada que conducía a Okinomachi. Desde lo alto de la calzada, Kazúe podía ver la avenida de bambúes de detrás de su casa. También podía ver cómo el viento agitaba el campo de trigo. Cuando llegaron al caminito que atravesaba los campos de arroz, bordeando el Omizo, Kazúe se detuvo y miró a Keiichi. Tenían que despedirse. En cuanto vio que él se daba la vuelta para volver a su casa, se quitó la cinta del pelo y, haciendo mucho ruido, corrió y traspuso la puerta trasera, hacia el establo.

—¡Kazúe! —gritó su padre detrás de ella, poniéndole enfadado la mano encima—. ¿Qué significa esto de estar con un chico a estas horas? —gritó pegándole otra vez.

Su padre había ido hasta el establo y había estado observando a Kazúe andar con Keiichi por el sendero que atravesaba los campos.

Kazúe pensaba que su padre tenía todo el derecho del mundo a estar enfadado porque ella no había llegado a casa antes del anochecer y, además, porque había estado andando con un hombre. Podía ser que Keiichi fuese solo un estudiante de escuela media, pero, a fin de cuentas, era un hombre. Sin embargo, había sido su padre quien la había enviado a visitar a Keiichi y, ahora, le estaba pegando únicamente por haber llegado tarde. ¿Qué pretendía?

Días antes, su padre había instalado provisionalmente su cama en la habitación del reloj y comenzó a echarse a descansar durante el día. Poco tiempo después, empezaron a llamar al doctor.

Un día llegó un mensajero de casa de la tía de Kazúe. Le dijo al padre que le habían mandado para pedir que Kazúe se casase con Keiichi. Lo que dejó estupefacta a Kazúe fue que su padre aceptase. La llamó y dijo:

—Dentro de poco irás a casa de tu tía para casarte. Recordarás, creo, que no hace mucho te pillé caminando con tu primo cuando ya era oscuro.

Entonces, ¿casarse con Keiichi era un castigo por haber andado con él en la oscuridad? Kazúe no dijo nada para defenderse. Simplemente contestó:

—Sí.

Un día de otoño, de casa de su tía llegó un barrilete rojo de sake con dos asas.

—«Prometerse» lo llaman, mi niña, pero solo es una formalidad. Vendrán tiempos difíciles, créeme, pero tendrás que resistir —le susurró su madre cuando no miraba nadie.

Kazúe nunca olvidará sus palabras. Aquella noche, le dijeron, los casamenteros vendrían a buscarla. Su madre la llevó al baño y la aderezó. Cuando Kazúe pensó lo que realmente significaba dejar la casa, su desdicha fue infinita; y, cuando pensó que tenía que dejar a su madre y a sus hermanos pequeños e irse, sintió que su corazón se llenaba de una soledad tan melancólica que era como si la hubiesen arrojado a una mar más grande que cualquiera que hubiese visto antes.

Finalmente los casamenteros vinieron a buscarla y Kazúe partió. Eran una anciana pareja apellidados Toda, miembros de una familia samurái de antiguo linaje. Ambos eran bajitos y muy delgados. La luna había salido. Llevaban linternas a pesar de que la noche era clara. Mientras caminaban por la carretera resplandeciente, Kazúe observó sus siluetas y casi no pudo creer lo que estaba ocurriendo. Llevaba una maleta tan pequeña que apenas si podía llevar su kimono de repuesto y los libros de la escuela. Y allí estaba, a punto de casarse.

Su padre moriría un año y dos meses más tarde. ¿Había querido asegurar el futuro de Kazúe mientras vivía?

7

Kazúe solo permaneció diez días en casa de su tía y únicamente conserva vagos recuerdos de ese periodo.

—Kazúe, aquí es donde tendrás que dormir —le dijo su
tía llevándola a la habitación de Keiichi.

Obviamente era la prometida de Keiichi —era un hecho—
y sabía que tendría que dormir en la misma habitación que su
primo. Pero no sabía que también significaba tener que com-
partir la cama. Y, al igual que la noche en que la acompañó
hasta su casa, Keiichi no hizo ningún esfuerzo para hablarle.

Todos los días, al anochecer, Keiichi se cambiaba y salía.
En aquella casa los hijos entraban y salían cuando les venía
en gana sin pedir permiso y sus padres no les reprendían.
Alguien le dijo a Kazúe que Keiichi iba cada noche a una
caseta de bebidas detrás de Yabudote. Allí se encontraba un
pequeño teatro llamado Yabudote Nishikiza y, cuando no había ninguna actuación, las cuatro o cinco casetas de detrás
del teatro colgaban sus linternas en el exterior y abrían el negocio. Keiichi todavía no había cumplido los diecisiete. Kazúe no podía imaginarse con qué objetivo iba a aquellas casetas. Cuando se hacía de noche, algunos de los estudiantes
escondían sus gorros de uniforme en las mangas del kimono
y se escabullían hacia las casetas de bebidas.

Ni siquiera cuando Kazúe veía que Keiichi se iba por la
noche entendía que lo hacía porque le molestaba su presencia. Ni se le ocurría que ella pudiera tener nada que ver con
el comportamiento de su primo. Después de todo, solo tenía

trece años y no podía saber que, actuando como si ella no existiese, Keiichi mostraba su desacuerdo. Como Kazúe ignoraba lo que ocurría, dormía muy bien por la noche.

—¡Keiichi! ¡Tu pijama está en la estufa bien calentito! —era todo lo que decía su tía cuando, de madrugada, oía que Keiichi abría la persiana de la parte trasera de la casa.

Echada en la habitación a oscuras, Kazúe recordaba la oscuridad del hogar que había dejado en Kawanishi. En aquella casa oía durante todo el día el tap, tap, tap procedente de la habitación del reloj, que su padre provocaba al golpear su pipa de larga boquilla. Y siempre, tanto si su madre estaba trabajando en la tienda como en el salón exterior, los otros niños la rodeaban como una bandada de gorriones. Su corazón todavía estaba con ellos.

«Kazúe, esta noche hay una actuación de *shamisen* en el Kajiyachō», le decía su tía. O bien: «Kazúe, hay mercado en el Kindoki en Honmachi».

Casi cada día se llevaba a Kazúe con ella a algún sitio. Siempre que iba por la ciudad con su tía, Kazúe imaginaba su casa como si la tuviese ante sus propios ojos. En el campo de detrás de su casa los niños vecinos estarían izando cometas de papel, con sus cabezas tan echadas hacia atrás que el cuello iba a romperse. Nunca se cansaban de mirar sus cometas.

En casa de su tía toda la familia se reunía en torno a una larga mesa para las comidas, y reían y hablaban mientras comían. Kazúe no podía evitar acordarse de las sombrías comidas en su hogar de Kawanishi. Su familia se sentaba en el suelo de madera negra de la cocina con una bandeja delante de cada uno. Comían en silencio.

Puede que sea difícil de entender, pero la felicidad propia de otras familias desconcertaba a Kazúe. Le resultaba extraño y no se podía acostumbrar.

Un día, cuando Kazúe volvía a casa, sus pies no la llevaron hacia la casa de su tía. La llevaron a Kawanishi. La carretera hacia la casa de su tía atravesaba el famoso puente Kintai, de manera que cada vez que volvía con su tía tenía que subir y bajar los cinco arcos del puente. Pero aquel día Kazúe ni subió ni cruzó los arcos. Su padre estaba en la cama. «Eso voy a hacer... ¡Haré una visita a mi padre para ver cómo se encuentra!», pensó de camino a casa.

—Kazúe se ha dejado caer por aquí —oyo que decía su madre desde la habitación interior, pero no oyó la respuesta de su padre.

Kazúe se enteró de que su padre estaba en cama desde el día en que ella se fue. Oyó decir que había tosido sangre. En el exterior del cuarto donde su padre se hallaba enfermo, los canarios cantaban. Sus ojos, ahora cerrados, estaban hundidos. Y su nariz se erguía afilada.

—Padre.

—Frótame las piernas.

No le preguntó por qué había vuelto. No le dijo que se fuera. Esa noche su madre fue a casa de su tía. Permitirían a Kazúe quedarse mientras su padre estuviese enfermo. Kazúe nunca olvidará lo bella que estaba su madre, quieta en la entrada oscura, con un pañuelo cubriéndole la cabeza y parte de la cara.

Nevó durante tres días antes de la muerte de su padre. No acostumbraba a nevar en el sur. ¿Qué veía su padre en la nieve? Le dejaron solo un segundo en la habitación y, de repente, cuando se dieron cuenta, vieron que se las había arreglado para salir de la tienda al jardín y se arrastraba hacia la carretera.

—No os acerquéis a mí. Si lo hacéis, os rajaré —gruñó.

Agitaba algo que el sol hacía brillar. Un cuchillo. Una asquerosa sustancia se deslizaba bajo el dobladillo de su kimono. En aquel estado, ¿cómo había conseguido sacar el cuchillo de la cocina? Había dejado de nevar y el sol brillaba con fuerza, con tal fuerza que se hacía difícil creer que era un día de invierno. El padre de Kazúe tosió y la sangre salpicó la nieve.

—¡Amo! ¿Qué estáis haciendo aquí fuera?

—¡Padre!

Kazúe se abrió paso entre la multitud reunida y corrió hacia su padre.

—¡Alguien! ¡Que alguien le ayude! —gritó su madre aterrorizada, detrás de él.

—¡No os acerquéis más! Os rajaré —consiguió decir su padre antes de desmayarse en la nieve.

La escena de aquel día de nieve fue brutal. Pero, por muy increíble que parezca, la brutalidad del momento ha disminuido con el paso de estos setenta años, dejando a Kazúe únicamente una bella imagen. Quizás sea por la nieve. Ahora que Kazúe ha llegado a cierta edad, cree poder entender lo que pasó por la cabeza de su padre cuando se arrastraba por la nieve tosiendo sangre. ¿Prefirió suicidarse, en aquel momento de demencia, antes de morir? ¿Intentaba matar a alguien a quien odiaba? No. No se trataba de esto. Kazúe cree que, sin lugar a dudas, quería corregir, en la medida de lo posible, su vida de libertinaje y perdición. Si hubiese sido capaz, habría empezado una nueva vida: la correcta y buena a los ojos del mundo. ¿No era este el acto final de un loco arrastrado por la impaciencia?

8

Tras el funeral de su padre, Kazúe tardó mucho tiempo en aceptar que aquel ya no estuviera en la habitación del reloj. Se habían llevado su ropa de cama —y no quedaba nada—. El canario cantaba con alborozo en la ventana. Su padre había muerto y ahora solo cantaba el canario. ¿Cómo podía creerse lo que había ocurrido?

—¡Satoru! ¡Nao! ¡Tomoko! —llamaba, uno por uno, a sus hermanos para estar segura de sus paraderos.

El huerto de mandarinas todavía se encontraba detrás de la casa. La avenida de bambúes y la viña también seguían allí. Pero su padre no. ¿Cómo podía aceptar Kazúe la soledad de aquella habitación vacía? Y, a pesar de todo, no lloraba.

Las costumbres de la casa tardaron en cambiar. Cuando oían los ecos de los tambores de la compañía de marionetas que llegaban de Okinomachi, ninguno de los niños Yoshino salía afuera. Y los otros niños reunidos en el descampado delante de la casa no les llamaban. Pero cada día, cuando la madre de Kazúe alimentaba al canario y a los otros animales, los niños le echaban una mano. Incluso ayudaban lavando a los animales.

—¡Mirad! —exclamó un día Satoru, observando al canario—. Se ha hecho daño en una pata.

Al verlo, los demás niños chillaron y rieron. Nadie podía pararlos. Cuando se dieron cuenta de que nadie los pararía, aguantaron la respiración, asustados, antes de ponerse a chillar más fuerte.

Ese día supuso el principio de un cambio en los niños. La casa empezó a parecerse cada vez más a la de la tía de Kazúe. En cualquier momento alguien podía echarse a reír y siempre se oía a los niños correteando los unos tras los otros por el salón. Un día, cuando pasó por delante de su casa el espectáculo ambulante de marionetas, los niños dejaron sus actividades y se miraron entre ellos. Satoru, el mayor, salió volando de la casa sin tan siquiera acordarse de ponerse los zapatos. Salió corriendo hacia los tambores. Los otros niños vociferaban detrás de él como una manada de gansos corriendo tras su líder. Este incidente fue el principio de una gran revolución.

—¿Quieres decir que no fue siempre así? ¿Existió realmente una época en la cual no podíamos salir y ver las marionetas? —preguntó incrédulamente la hermana pequeña al hacerse mayor.

Solo tenía cinco años cuando murió su padre.

Se rompieron todos los viejos tabúes y fue como si en aquella casa nunca hubiesen existido. Cada vez que Kazúe hacía algo, no podía menos que recordar: «Esto solía estar prohibido». En este sentido, Kazúe gozaba de dos libertades. Se sentía como si el viento se la llevase a una llanura desolada. Pero en realidad Kazúe se dirigía por decisión propia hacia aquello que le daría la libertad. Los tabúes habían desaparecido. Pero ¿la hacía esto feliz? Cada vez que pensaba en ellos, sentía la sombra de su padre irguiéndose ante ella. Se veía escabulléndose de aquella sombra y huyendo lejos, muy lejos. Harían falta muchos años para que la sombra desapareciese del todo y, cuando lo hizo, Kazúe se sintió sola.

Tras la muerte de su padre, Kazúe no quiso volver a casa de su tía y su tía no mandó a nadie a buscarla. Su padre estaba muerto y no tenía razón alguna para quedarse en su antigua casa. Pero ¿existía alguna razón para volver con su tía? No se habló de ello y, con el tiempo, las cosas volvieron a su cauce. Antes de que nadie se diese cuenta, los lazos que la unían a su tía se habían roto por completo. Si así era, ¿quién podría haber predicho lo que les esperaba?

Por aquel entonces, en los pueblos de provincias, los catorce años eran una edad inestable. Cada vez que Kazúe volvía de la escuela, iba a jugar a la casa diagonalmente opuesta a la suya. La familia que allí vivía tenía una tintorería. Aunque estuviese tan cerca, Kazúe no había puesto el pie en aquella casa mientras su padre vivió.

Una vez que habías descorrido la cortina que colgaba en la fachada de la tintorería y entrabas, uno se encontraba en una gran habitación repleta de hileras de tinajas con tinte índigo, demasiadas para poder contarlas. Los sirvientes retiraban con largas pértigas los gruesos ovillos que se encontraban en las tinajas: una escena increíble.

—Oh, ¡pase!, ¡pase! —indicaba una voz desde el interior.

Era la señora de la casa. Siempre estaba sentada en el contador dirigiendo el negocio desde allí y su marido trabajaba junto a los sirvientes. La situación era del todo contraria a la que había conocido Kazúe en su propia familia cuando su padre vivía. La voz de la señora sonaba clara y orgullosa entre todo el barullo.

—¡Haruko! La señorita Kazúe ha venido a verte.

Todos en la casa prestaban siempre atención a las palabras de la señora. Haruko no tardaría en aparecer.

Era la hija mayor. Kazúe había oído que pronto se iba a casar. Al contrario que su madre, era muy sumisa. Incluso cuando vio que Kazúe había venido a visitarla, simplemente esbozó una débil sonrisa.

Las dos jugaban en la habitación interior. Bueno, no exactamente. Haruko aprendía a bailar con su madre mientras Kazúe miraba e imitaba sus movimientos. ¿Había actuado así Kazúe de niña? Cuando permanecía al lado de Haruko y revisaba los pasos de baile, se sentía como en un mundo de ensueño.

Shan-rin, shan-rin; chin-to-tsu-tsun.
Chin-rin, chin-rin; chin-to-tsu-tsun.

Kazúe hacía ver que golpeaba un tambor al ritmo del baile. Era tan feliz que se sentía en el cielo.

Debía de haberle parecido tan patética, que probablemente la señora se arrepentía de no haberle pedido a Kazúe que bailara así antes, antes de que la niña fuese liberada de sus tabúes.

—Este es el trozo que le sale tan bien a la señorita Kazúe. Ponte de pie junto a Haruko una vez más y veamos cómo lo vuelves a hacer.

Al oír esto Kazúe se ruborizaba y seguía a Haruko, extasiada, a través del baile.

El festival Shiinō-sama local estaba al caer. El día del festival, Haruko, maquillada, iba a conducir una carroza y bailar en el escenario. Kazúe podía imaginar a Haruko golpeando el tambor con sus manos blancas, sus mangas atadas con crespones rojos. Cuando Kazúe se preguntaba si algún día llegaría a hacer lo mismo, le era imposible definir los sentimientos que invadían su corazón. Si conseguía acabar la escuela, podría hacer lo mismo que Haruko. Tomó la muerte de su padre como punto de partida y su corazón —que había sido como un bulto rodeado de piedras en la profundidad de las montañas— se abría como una flor expuesta de repente al sol. ¿No lo había apostado todo su padre contra estos sentimientos, al prohibírselos a sus hijos? Ella sabía que era así, y habiendo llegado a este punto, ¿qué debía hacer? Su corazón había aprendido a cantar. Probablemente nunca más podría ocultarlo otra vez.

En la tintorería, Kazúe descubrió la existencia de una fruta prohibida. A menudo la señora traía invitados al salón interior como estratagema para los negocios y contrataba cantantes itinerantes por una noche o dos, a modo de diversión. Interpretaban baladas *ukare.* Hoy en día, estas baladas son lo mismo que las baladas *naniwa-bushi:* narraciones de cuentos antiguos. Cada vez que los juglares cantaban «Ah» o «Ha» en los descansos donde punteaban sus *shamisens*, Kazúe sentía que su corazón se derretía. Para ella cada tema que interpretaban era maravilloso. No importaba lo rústico o burdo de las interpretaciones, siempre desgarraban su corazón.

Cuando se hacía tarde, los artistas guardaban los *shamisens* en sus fundas y, tras haber dado las gracias, partían. Kazúe les seguía hasta las posadas de poca monta de Okinomachi. Kazúe permanecía un buen rato ante las posadas cuando ellos ya habían entrado.

A la mañana siguiente, los artistas se ataban las polainas y emprendían el camino hacia el pueblo de Shigino, hundido en las montañas, cogiendo el atajo hacia Takamori. Kazúe permanecía en la terraza de la parte trasera de la casa, mirando ansiosamente las figuras que, al pasar por la avenida de bambúes, se hacían cada vez más pequeñas hasta que desaparecían por las colinas de Norimoto. En cuanto se graduase, les seguiría. Dejaría a su madre y a sus hermanos. Dejaría aquella casa y les seguiría. Eso creía ella.

9

Haruko, la de la tintorería, tenía un hermano menor llamado Morito. Era de pocas palabras y se limitaba a sonreír cuando conocía a alguien. En ese sentido, favorecía a su hermana.

—Los dos se parecen a su padre —decía la gente.

Morito dejó la escuela en mitad del curso y se alistó en la academia militar. Cuando llegaron las vacaciones de primavera, volvió vestido con un uniforme caqui de soldado. A Kazúe le gustaba ese chico, un año menor que ella. Cuando todavía estudiaba en la escuela, a veces pasaba por la habitación donde ella y Haruko bailaban. No intentaba mirarlas directamente, pero al pasar echaba un rápido vistazo y su mirada se cruzaba con la de Kazúe. Eso era todo. Nunca se dirigieron la palabra, pero a Kazúe le gustaba. Esperaba ansiosamente su retorno, y el día en que llegó al pueblo, a Kazúe se le ocurrió escribirle una carta. Contaba ya con quince primaveras y era la primera carta que escribía. Pero no era una «carta de amor».

Hace un buen día. Puedo ver tantas cometas revoloteando por encima del campo de detrás de mi casa...

KAZÚE

Kazúe deslizó la carta en el canalón de estaño de debajo de los socarrenes del salón exterior. La puso allí porque, si Morito estaba atento, el canalón sería lo primero que vería al entrar en la casa.

—Morito, hay una carta en el canalón, bajo los socarrenes —dijo Kazúe rozándolo al pasar, con su corazón batiendo como un tambor.

¿La encontraría? Salía una y otra vez a comprobarlo. Por fin, el canalón estaba vacío. Había encontrado la carta. Cada vez que Kazúe recuerda la excitación que su joven amor le provocaba, su corazón se siente inundado de calor. Con aquel simple acto, su joven amor se había consumado.

En los días que siguieron, Kazúe salió muy a menudo a ver el canalón. Y entonces vio lo que había estado esperando: Morito había dejado una carta en el hueco del canalón.

Mañana haré volar mi cometa. Le he pedido al dueño de la tienda de sake que me haga una. Voy a subir al monte Odaishi para hacerla volar. ¡Larga vida al Emperador! ¡Banzai!

MORITO

Morito era cadete en la academia militar. Incluso hoy en día Kazúe no puede evitar reírse de la pueril excitación que sentían los chicos de la región, hace unos sesenta años, cada vez que pronunciaban las palabras «¡larga vida al Emperador!». Kazúe copió esta frase en su siguiente carta, como si fuese un código secreto que tan solo ellos dos pudiesen comprender.

Le preocupaba mucho la lluvia. Si empezaba a lloviznar salía como un rayo a la carretera, aterrorizada de que, si Morito había deslizado una carta en el canalón, se mojara. Los dos utilizaron el canalillo como su buzón privado hasta que Morito tuvo que volver a la escuela en Hiroshima.

Regreso a Hiroshima. No podré dejar más cartas hasta las vacaciones de verano.

¡Larga vida al Emperador!

MORITO

Esta sería la última carta que Morito le escribiera. Marcó el final de su juego. Morito enfermó antes de las vacaciones de verano y fue ingresado en el hospital Garrison de Hiroshima. Un día de otoño le enviaron de vuelta a casa. Kazúe oyó que su estado había empeorado y que se recuperaría junto a su familia. Pero el año llegó a su fin y luego, a primeros de febrero —exactamente cuando hacía un año que el padre de Kazúe había muerto—, Morito falleció.

Cuando Morito aún estaba convaleciente en el salón de la tintorería, Kazúe lo visitaba de vez en cuando y con sigilo colocaba una carta bajo su almohada. ¿Qué escribía en esas cartas? Bueno, difícilmente podría llamárseles cartas y seguro que no revelaban sus verdaderos sentimientos. Pero en su interior Kazúe estaba segura de que había revelado las profundidades insondables de su corazón. Los ojos redondos y hundidos de Morito brillaban mientras sonreía. Más tarde, Kazúe se preguntó si no habría intentado recuperar aquella sonrisa en las caras de los hombres que conoció después.

El entierro de Morito fue el primero al que Kazúe asistió, exceptuando el de su padre. Sollozaba convulsivamente mientras subía tras la muchedumbre doliente por el sendero angosto y poblado de malas hierbas que llevaba al cementerio de Norimoto. Quería seguir a Morito y desaparecer entre las nubes con el estruendo de los gongs. Kazúe cree que todavía puede ver las sombras oscuras que proyectaban los pájaros al volar en confuso zumbido a través del cielo invernal de Norimoto. La tumba de Morito estaba en la ladera de la montaña, no lejos de la de su padre.

Durante el otoño del año siguiente Haruko se fue para casarse.

—Señorita Kazúe, ¿no vendrá a visitarnos? ¡Le habría gustado tanto a Morito! —le decía la señora a Kazúe cada vez que pasaba.

Kazúe dibujó la lápida mortuoria en el altar familiar de la habitación interior y pensaba que su espíritu estaba todavía con ellos, sonriendo. Incluso cuando todos sus hijos se hubieron ido, la señora continuó, como antes, dando sus fiestas de baladas *shamisen*. Pero Kazúe no pudo volver a sentir lo que había sentido antes de conocer a Morito. Se sentía como alguien nuevamente exorcizado de algún espíritu posesivo y lo encontraba extraño. En la primavera de su diecisiete cumpleaños, se graduó en el instituto para chicas.

¿Cómo se mantuvo la familia de Kazúe tras la muerte del padre? No llegaron más mensajeros de Takamori; su muerte les puso fin. Pero ¿cómo podía la madre criar a todos los niños que había dejado tras él? Cualquiera podía ver la difícil situación en la que se encontraba, pero siguió sin llegar dinero de Takamori. Y era de esperar. Desde que el padre de Kazúe le diera la espalda a su familia de Takamori, y durante el largo periodo anterior a su muerte, la gente de allí le había seguido enviando dinero —más del que Kazúe pudiera contar—. Por supuesto, casi todo el dinero había servido para financiar su libertinaje. Y a buen seguro que algunos de Takamori sentían, como mínimo, una indignación silenciosa ante este hecho.

En cuanto Kazúe se graduó, Satoru entró en la escuela media. Ahora tenían los gastos de la escuela además de los de la casa. La madre de Kazúe todavía era joven, apenas tenía treinta años. Que fuese capaz de superar aquellas dificultades sigue llenando a Kazúe de asombro.

10

La madre de Kazúe solo tenía una opción para alimentar a sus hijos. Vendió todo lo que quedaba cuando murió su marido. A duras penas tenían suficiente arroz, y lo poco que tenían lo recibían como pago del alquiler de las dos pequeñas propiedades que poseían. Araron el extenso campo de detrás de la casa y plantaron vegetales. Vendieron los brotes de su plantación de bambúes. Vendieron las mandarinas, las viñas, los palosantos, las castañas, las ciruelas e incluso los dátiles. Sacaron provecho de los pájaros pequeños que su padre había tenido como diversión. Kazúe encuentra curioso que durante todo ese tiempo nunca se le ocurriera que era pobre. Pero quizá fuera debido a que la madre de Kazúe nunca pensó que las dificultades que le acontecieron después de la muerte de su marido se ajustasen a la idea que se hacía de la miseria. La imagen que Kazúe conserva de su madre es la de esta cantando:

¿Hanshichi querido, cómo te encuentras últimamente?
¿Nos vamos ahora, mi querido Hanshichi?

Cuando Kazúe se graduó en el instituto para chicas, cogió un trabajo como profesora en la escuela elemental del pueblo de su madre, Kawashimo. Su abuela seguía viviendo allí. Era más joven que su difunto padre y una mujer muy trabajadora. Tenía una tienda al lado de la escuela. Kazúe imagina que fue capaz de encontrar el trabajo gracias a los contactos de su abuela. En la región, por aquel entonces, ser profesora era el único trabajo al que podía acceder una mujer. Sin embargo, Kazúe no trabajó únicamente para sacar a su familia de la pobreza.

Kawashimo estaba a tres millas de la casa de su familia. Un tren eléctrico recorría la mitad del camino. Pero Kazúe andaba por la carretera junto a la vía. No cogía el tren, andaba. No lo hacía para ahorrar, sino porque era lo natural.

Cuando Kazúe recibió el primer pago de su salario, no quiso gastar ni un sen en ella misma.

—Kazúe, querida, no pretenderás dármelo todo, ¿verdad?

Incluso cuando vio que los ojos de su madre se llenaban de lágrimas, Kazúe siguió sin darse cuenta de la pobreza de su familia. Todo lo que sabía era que por primera vez en su vida había hecho feliz a su madre. Nunca olvidará esa felicidad. Entonces no sabía que en la felicidad de satisfacer a los demás se escondía una especie de amor propio. Podía parecer que lo que hacía lo hacía por amor, pero era algo diferente. Saber cómo satisfacer a los demás no era lo mismo que hacerlo por abnegación.

A Kazúe no le desagradaba su trabajo como profesora. Después de todo, la gente trataba a los profesores con respeto. Al principio pusieron a Kazúe a cargo de los alumnos medianos de segundo curso. Pero, cuando la clase fue dividida y juntaron a chicos y chicas, asignaron a Kazúe el grupo más torpe. Se preguntaba qué diferenciaba a aquellos estudiantes de los cursos superiores. Pero creía que, siendo una profesora nueva, no era conveniente que ella se ocupase de los más brillantes. O quizás pensaba que no estaba todavía capacitada.

Había chicos a los que siempre les goteaba la nariz, o con el pelo tan sucio que tenían costras, o que babeaban. Parecían ser tan pobres como torpes a la hora de estudiar. Pero no era exactamente así. Kazúe se dio cuenta de que los que fracasaban un día eran capaces de aprobar al día siguiente.

—Dios mío, puedes resolver un problema como este, ¿no? ¡Qué niño más brillante!

Sus palabras eran más una recompensa que la verdad. Pero cuando alababa a sus alumnos, hasta la cara del más torpe resplandecía. Quizás los niños podían satisfacer las aspiraciones de su profesora, Kazúe nunca olvidará que llegó a esta conclusión. Cuando ponía a prueba sus hipótesis, descubría que sus alumnos demostraban un nivel más alto de habilidad tras haber sido alabados. Algunos eran incluso capaces de estar a la altura de los estudiantes más brillantes y mostrar la misma perspicacia.

—¡Profesora! ¡Mire lo que hemos hecho en casa para usted! —y uno de ellos le daba un pastel relleno de judías y mermelada cubierto de arroz que su abuelo había metido en su bolsa de la comida.

¡La recompensa por animar a los demás con sus alabanzas!

Kazúe no se daba cuenta entonces, claro está, pero años más tarde aprendió también a utilizar con fines diabólicos estos conocimientos.

Y entonces algo ocurrió una noche durante sus vacaciones de verano. En el estante más alto del baño, Kazúe descubrió una caja llena a rebosar de polvos faciales. Bueno, descubrirla, exactamente, no la descubrió. Eran los polvos de su madre y habían estado allí desde que tenía uso de razón. Pero por algún motivo la mirada de Kazúe se posó aquella noche en la caja de polvos. ¿La había utilizado alguien últimamente? En la caja todavía se encontraba un cepillo de pata de liebre con la punta cortada, junto a un espejo desconchado. La única luz del baño provenía de una pequeña linterna metálica sin la cual el vapor le impediría ver el espejo. Quizás se le metió en la cabeza hacerlo porque se veía difuminada en el espejo. Mojó el cepillo en los polvos y se lo pasó por su mejilla húmeda. Lo hizo una vez y otra.

Kazúe era de piel naturalmente morena. Cuando era pequeña, su padre la llamaba «Negrita». «¿Quién crees que se va a casar con una chica de piel oscura como tú?», solía preguntarle.

Kazúe estaba acostumbrada a ver su cara oscura. Pero cuando se cubrió las mejillas con polvos, se convirtió en alguien diferente. Kazúe se estremeció. «¿Soy yo en realidad?» Le costó creer lo que veía. La chica del espejo era toda una belleza que apenas parecía de este mundo. Todo lo que había hecho era ponerse un poco de polvos, pero el cambio fue tan grande que parecía que hubiese sufrido una increíble transformación.

Pero ¿qué es realmente una chica bonita? ¿Se había avergonzado alguna vez de su piel oscura? ¿Alguna vez se había preocupado tanto por su cara? ¿Había deseado, hasta entonces, ser guapa? No, hasta entonces había estado satisfecha con su cara. Pero ahora las cosas eran diferentes. Aquella noche marcó el principio de la transformación de Kazúe. Miró su cara. No era oscura. No tenía la piel oscura. Por primera vez en su vida compró polvos para la cara y empezó a utilizarlos de modo sistemático.

«Maquillar» significa literalmente «falsear», ¿verdad? Y eso era lo que hacía dicho producto a la perfección. Unos polvos blancos esparcidos por la más oscura de las pieles son capaces de confundir a cualquiera. Sácate los polvos, quítate la máscara y el disfraz habrá desaparecido. Kazúe nunca soñó que existiese algo tan terrorífico.

11

Mediadas las vacaciones de verano de aquel año, algo inesperado ocurrió. El pueblo celebraba los bailes Obon en el lecho seco del río, bajo el puente Garyō, como hacía cada año. Pero aquel verano los tambores llamaron a Kazúe. Se había maquillado y andaba bajo la maraña de linternas, abriéndose camino entre la multitud que se apiñaba. No se unió a los que bailaban; después de todo, era una profesora. Pero sintió que su corazón batía como un tambor. Llevaba su maquillaje. Ya nunca más podría encontrarse a la chica de piel oscura. Caminando entre las casetas que vendían hielos de sabores, apareció un joven de entre las sombras y se detuvo frente a ella, bloqueándole el paso.

—¿Kazúe? ¿No eres Kazúe?

La cogió del brazo antes de que ella pudiera moverse. La luz de los tenderetes de hielo brilló en su cara y Kazúe reconoció en él al hijo de la familia Otsuka que vivía en el valle Momiji. Cuando ella iba al instituto para chicas y él a la escuela media, acostumbraban a coger el mismo camino. Pero ahora ella oyó que iba a la escuela en Tokio y se había convertido en un *playboy*.

Kazúe nunca olvidará cómo palpitó su brazo ahí donde él la tocó, como si estuviese hinchado por la picada de un avispón. Cuando volvió en sí, se dio cuenta de que había huido de él y corrido hasta el puente Garyō. Posteriormente se preguntaría por qué había huido. El chico de Otsuka tenía fama de salvaje, pero ¿qué significaba esto para ella? Después de todo, ¿no le habría gustado en realidad ver con sus propios ojos lo que aquel chico salvaje haría con ella? El recuerdo de aquella noche advirtió a Kazúe que algo malvado crecía en su interior. Incluso al finalizar las vacaciones de verano, Kazúe seguía sintiendo el ardiente escozor en su brazo. Su cara pintada había atraído a aquel chico malo y nunca más se planteó renunciar a su maquillaje.

En los años siguientes, Kazúe no prescindió de su maquillaje en ningún momento. Pero ¿quería esto decir que se enorgullecía de su cara, creyéndola bella más allá de toda comparación? No. Lo que significaba era que llegó a extremos inauditos para que nadie descubriese que su belleza no era más que una máscara. ¿Se tomaba al pie de la letra lo que la gente del pueblo pensaba cuando le decía: «¡Oh, señorita Kazúe, se ha convertido usted en una belleza!»? A sus diecisiete años el peso de la decepción no se apartaba de su mente. Pero ¿quién podía notar el color de la melancolía en su rostro maquillado?

Cuando iba y venía de la escuela, los hombres le daban notas con un tímido:

—Si no le importa, señorita Yoshino.

Y cuando llegaba a la escuela había más notas en el cajón de su mesa. Cartas de amor, todas y cada una de ellas dirigidas a Kazúe. Había una en la que se leía: «He escrito esto con la sangre de mi dedo meñique». Y el resto de la carta ya no estaba escrito en rojo sino en negro. Al verlo, Kazúe tembló. Y, sabiendo que estas cartas eran fruto de su engaño, fue víctima de un pánico indescriptible. Cuando llegaba la hora de la clase de gimnasia, los chicos jóvenes saltaban de sus bicicletas y se agolpaban alrededor de la valla de la escuela, esforzándose por verla.

—¡Los chicos jóvenes se interesan por los ejercicios de la señorita Yoshino!

Kazúe nunca olvidará el tono de mofa que utilizaba el director para hacer este comentario. Aún no había contestado ni una sola carta.

Ahora lo recuerda con humor. ¿Qué podía importar que su cara pintada fuese tan diferente de su cara real? Pero, en realidad, importaba mucho. Su maquillaje era una máscara. Y el miedo de lo que ocurriría si se quitaba la máscara impedía a Kazúe contestar aquellas cartas. Quería gustar a los chicos, pero tenía miedo de lo que podía ocurrir si lo conseguía. No se conformarían tan solo con la amistad, ¿verdad? Querrían ir más allá y esto es lo que Kazúe temía. Pero aunque temiese lo que podía pasar, quería experimentarlo con su propio cuerpo. En el fondo, ansiaba tener experiencias. Evidentemente, sabía que para la experiencia era necesaria la relación con un hombre y que, desde el momento en que la aceptase, la máscara descubriría su cara. Y este temor era lo que protegía a Kazúe de sus peligrosos anhelos. Kazúe no deseaba el amor que unía a un hombre y una mujer por mucho, mucho tiempo. No se quería casar. No, los deseos de Kazúe sorprendían por su frivolidad. Y ¿quién creería a una jovencita que decía que no tenía deseo alguno de casarse? Kazúe, a escondidas del mundo, vivía una tragedia que ella misma había creado.

En primavera, un año después de convertirse en profesora, empezó a alquilar una barraca junto a una granja en el pueblo de Kawashimo. Trasladó allí sus cosas desde Kawanishi. Tenía trece años cuando se fue a vivir con su tía. Lo había hecho obedeciendo a su padre. Pero esta vez su marcha era diferente.

—Si cruzas el campo que hay junto a la escuela, llegarás a un puente. Junto a este puente está la barraca que pertenece a la familia Sugiyama, que ahora está vacía. Sí, el señor Sugiyama se ha ido a Hawái y cuando llegue la primavera empezarán a criar gusanos de seda —explicaba Kazúe—. Podré oír la campana de la escuela y, aunque esté distraída, podré llegar a tiempo —añadía.

El trayecto desde Kawanishi hasta la escuela era un poco largo. O como mínimo esta fue la razón que Kazúe dio para el traslado. Evidentemente se podía haber ido a vivir con su abuela, que vivía justo enfrente de la escuela. Pero Kazúe no quería, y su madre y sus hermanos no intentaron hacerle cambiar de opinión.

—Iremos a visitarte este domingo. Ahora, aprovechando que estás en la misma ciudad que la abuelita, ¡tenemos dos razones para ir! —dijeron contentos sus hermanos.

Tenía una habitación con tatami de seis esteras y una habitación más pequeña con el suelo de madera cubierto por una estera de paja. Había una chimenea en el suelo de tierra de la entrada, o, como se llama más concretamente, anafe en el hogar. Allí es donde Kazúe cocinaba. Se llevó su cama y un escritorio, sus kimonos (tan solo una muda), su espejo de mano y sus cosméticos. Con esto, su traslado estaba completo. Y allí empezó su nueva vida, llevando consigo las mínimas posesiones. Mucho más tarde, ¿con cuánta frecuencia repetiría Kazúe este estilo de vida? Por aquel entonces no tenía la más mínima idea de que con aquel traslado había empezado una vida errante. Se levantaba temprano e iba al pozo a lavarse la cara. Instalaba su espejo en su escritorio y se maquillaba. Para desayunar calentaba en un cazo judías negras con un chorrito de salsa de soja y comía. Parece que a Kazúe le encantaba esta vida monótona. Era similar a su vida cuando, en el invierno de sus catorce años, había seguido a los artistas, soñando con cruzar las montañas que ellos iban a cruzar.

Se fue de casa cuando tan solo era una chica, decidida a vivir sola. Pero ¿no era aquel el tipo de vida que su padre le había prohibido más ferozmente? ¿Que era, en cualquier caso, una vida disoluta? Cuánto habría querido evitar que sus hijos llevasen la vida que él llevó. Y ahora Kazúe ya se había instalado por su cuenta.

12

Un día, a principios de verano, hubo un cursillo de profesores en la Escuela Elemental de Yanai. Más tarde Kazúe recibió una carta de uno de los hombres que había tomado parte. Era una proposición de matrimonio. Kazúe tiró la carta en cuanto vio la palabra «matrimonio». No iba a casarse. No le importaba el pretendiente. Jamás se casaría. Y, cuatro o cinco días después, el director la llamó a su oficina.

—He recibido una visita de la oficina de Kitagouchi. Por lo que parece, el hijo del alcalde del pueblo quiere casarse con usted, señorita Yoshino.

El alcalde del pueblo de Kitagouchi era conocido por ser de familia muy rica. Kazúe ya tenía dieciocho años. No era demasiado joven para casarse. El director también se lo dijo. Pero ella rechazó la oferta. Cuando volvió a casa, su abuela la estaba esperando.

—Kazúe, ayer por la noche vino a verme el señor Yonemura, el sacerdote del Templo de Hachiman. Me dijo que el hijo del alcalde de Kitagouchi se muere de ganas de casarse contigo. Se graduó en la Escuela Normal de Yamaguchi. Es un hombre agradable... un hombre de verdad, si es que alguna vez hubo alguno.

—No pienso casarme, abuelita. Estoy convencida y eso es todo.

—¡Qué tonterías dices! ¡No puedes saber si querrás casarte o no!

La abuela de Kazúe era muy testaruda y ahora estaba enfadada. Se fue ofendida.

Cuatro o cinco días más tarde, el joven pretendiente fue en persona a visitar a Kazúe. Continuó visitándola de vez en cuando y no dejó de hacerlo aun sabiendo que Kazúe no tenía intención alguna de casarse con él. Durante una de sus visitas, se quedó hasta que empezó a oscurecer. No parecía tener intención de marcharse y Kazúe encendió la lámpara, lo que parecía sugerir que aprobaba su presencia.

—¿Te quedarás a cenar? —preguntó, y empezó a hervir patatas en el anafe.

Las flores blancas de las plantas de patata crecían en todos los campos de alrededor. Kazúe había obtenido las patatas de la granja y ahora las hervía para el hombre. Si tanto odiaba el matrimonio, ¿por qué le preparaba entonces la cena?

Él comió en silencio. Kazúe podía oír el croar de las ranas procedente de los campos de arroz. «Algo va a pasar», se dijo Kazúe. La cara del hombre estaba pálida. La lámpara parpadeó. Se había levantado un poco de viento. Kazúe se levantó para cerrar la ventana y entonces él agarró el borde de su kimono y le hizo perder el equilibrio. Kazúe había estado guardando los gusanos de seda de la familia en la habitación con el suelo de madera. También se había instalado allí el telar. Aterrizó en el pequeño espacio entre el telar y la estera de paja. El hombre saltó encima de ella. Kazúe no gritó, pero luchó instintivamente contra las manos que la aferraban. Lo empujó y cayó ella de espaldas sobre la estera. El olor de los gusanos de seda era fuerte. Kazúe había perdido la faja y, mientras rodaba por el suelo, podía sentir el tejido de la estera en su espalda desnuda.

Y entonces Kazúe dejó de moverse. Si gritaba, alguien de la granja vendría a rescatarla. Pero Kazúe no gritó. El hombre la tenía entre sus brazos. Kazúe no se movió. «Si lo intento, ¡lograré escapar!», pensó Kazúe, pero no intentó huir. Más tarde Kazúe recordaría una y otra vez la escena. El hombre la tenía atrapada bajo el peso de su cuerpo y, a pesar de todo, ella continuaba diciéndose: «Puedes escapar si quieres. ¡Adelante!». El olor a sudor llenaba la habitación. Se sentía como si fuese ella misma quien se sujetase. No se resistió.

Yacía bajo el hombre como un animal, deseando ver con sus propios ojos lo que le iba a hacer. No quería casarse, ¿pero era esto y solo esto lo que deseaba? Y entonces todo había acabado antes de que supiese qué era lo que había acabado. ¿Era esto lo que se entendía por el enlace entre un hombre y una mujer?

«No he huido. Me he dejado arrastrar por él», pensó Kazúe, y tenía tanta vergüenza que no podía ni levantar la cabeza. «¿Qué debo hacer? ¿Cómo podré volver a mirarle a la cara?» De repente Kazúe empezó a gemir. Empezó a gritar incoherencias. «Sí, eso es. ¡Me he vuelto loca!» ¿Intentaba hacerle creer que se había vuelto loca o había realmente perdido la cabeza? Ni siquiera ella estaba segura. «La gente vendrá. Me da igual. Estoy loca. Me da igual que vengan». ¡Qué sensación de libertad! «¡Estoy loca! Me he acostado con un hombre con el que no me voy a casar. ¡Y lo he hecho porque estoy completamente loca!».

El hombre empezó a llamar a Kazúe en voz alta. La zarandeó y gritó su nombre, intentando devolverla a su sano juicio. Pero cuando se dio cuenta de que era inútil, corrió frenéticamente hacia las persianas junto al hogar, aunque los *shōji* de la habitación estaban abiertos de par en par. Saliendo descalzo y a trompicones de la casa, pasó como un rayo por el jardín trasero y por el puente. Finalmente, el sonido de sus pasos se extinguió.

Durante mucho tiempo, Kazúe se negó a reconocer este incidente en sus recuerdos. Se horrorizaba pensando que había intentado esconder su vergüenza en la locura. ¿Y cómo podría explicar Kazúe a la gente que era el tipo de mujer que se acostaba con un hombre tras haber rechazado casarse con él? Esta fue la última visita de aquel hombre a la barraca de Kazúe. No volvió.

Poco tiempo después la abuela de Kazúe fue a visitarla.

—El sacerdote Yonemura vino anoche a decir que anulaban la propuesta de boda. Parece que se enteraron de que tu padre se volvió loco y empezó a blandir aquel cuchillo de cocina justo antes de morir. Y creen que quizás hay una vena de locura en la familia Yoshino.

Su abuela habló como si se tratase de una broma. Kazúe la escuchó sin ni siquiera pestañear. «Una vena de locura» era la expresión que utilizaban en el país para describir la demencia hereditaria. Exceptuando los rastros del hombre que Kazúe creía todavía presentes en su cuerpo, exceptuando el recuerdo de su voz llamándola —llegando hasta ella como un distante, brutal aullido—, nada incomodaba a Kazúe, ni siquiera que la gente hubiese empezado a cotillear.

Aquel otoño un nuevo profesor llegó a la escuela elemental. Tenía la piel tan blanca que sus mejillas relucían azules debido a las huellas de su navaja.

—Señor Shinoda, usted formará equipo con la señorita Yoshino. Confío en que los dos se entiendan a la perfección —dijo el director presentando a Shinoda.

Por «formar equipo» se refería a que Shinoda y Kazúe trabajarían juntos con los estudiantes del tercer año y que Shinoda sería el responsable del nivel superior. Kazúe notó que en la sala de profesores todos los ojos se giraban hacia ella, lo cual la incomodó. Mucho más tarde especularía sobre el hecho de que si el director no hubiese hablado en la atestada sala de profesores como lo hizo, lo que estaba a punto de suceder entre ella y Shinoda nunca habría ocurrido.

13

La gente tenía la impresión de que entre Kazúe y Shinoda iba a pasar algo. Cuando algo está predestinado a ocurrir entre un hombre y una mujer no hay en la tierra alma viviente que no lo espere, deseando ver con sus propios ojos lo que vaya a pasar. Kazúe decidió más tarde que, lleno de curiosidad, el director la había emparejado con Shinoda.

—Señor Shinoda, ¿qué tiene previsto hacer mañana con la lección de ortografía del grupo A?

—Señorita Yoshino, ¿por qué no llevamos a los grupos A y B hasta el Templo de Hachiman durante la clase de gimnasia de la tarde?

Deseando «entenderse a la perfección», se consultaban cualquier cosa. Incluso cuando las consultas no eran necesarias, se daban cuenta de que no las podían evitar. Ocasionalmente, tras haber acabado las clases, se encontraban y hablaban en un aula o en la otra. En aquellas ocasiones, Kazúe veía huellas de tiza en las manos del señor Shinoda. Evidentemente, todas las manos de profesor parecían iguales. Pero Kazúe también se fijaba en lo largos y delgados que eran sus dedos y en que tenían unos cuantos pelos en los nudillos.

—Dar clases con usted, señorita Yoshino, es tan agradable que siento que quiero dejar constancia de cada segundo en nuestros informes —le dijo Shinoda.

En realidad, comparar los resultados de sus estudiantes había sido un proyecto interesante. Pero Kazúe sintió que, con este comentario, Shinoda se refería a algo más.

El señor Shinoda alquiló una casa pequeña en la linde de un bosque de pinos, a menos de un cuarto de milla de Kazúe. Una vez Kazúe le fue a visitar, lista de clase en mano, ya que tenían que discutir sobre qué estudiantes debían ser ascendidos al siguiente nivel. Era una cuestión que necesitaban decidir de inmediato, antes de que acabase el día. Pero no, hubiera podido dejarlo para el día siguiente. Aun así, diciéndose a sí misma que era urgente, Kazúe no sentía ningún remordimiento por ir a casa de Shinoda. Y si alguien la vio, ella no pensó que le diese importancia. A esta siguieron visitas similares. Eventualmente iba tan solo para hacer una visita a Shinoda. No tenía miedo, ya que las cosas parecían seguir su curso natural. La casa de Shinoda estaba a menudo desordenada, como cabía esperar de un hombre que vivía solo. A veces Kazúe dejaba el *shōji* bien abierto, permitiendo que llegase la brisa del bosque de pinos. Pero no pasó mucho tiempo antes de que los transeúntes empezaran a fijarse de manera especial en su comportamiento.

Es natural en los pueblos de provincias que la gente se interese por las relaciones entre un hombre y una mujer. Y, para agravar la cuestión, Kazúe y Shinoda eran profesores en una escuela cuyo número de trabajadores era tan reducido que resultaba fácil ver quién se relacionaba con quién. Y así, aunque Kazúe y Shinoda se comportaban con corrección, estaban al mismo tiempo infringiendo inconscientemente las normas sociales.

Mientras Kazúe estaba dando clase, se le aparecía la cara de Shinoda. No podía controlar sus propios pensamientos como lo había hecho antes. Les daba trabajo a los alumnos y entonces se sentaba frente al escritorio en el estrado y escribía breves notas para Shinoda.

> Los ciruelos están en flor. Te prometo que esta noche iré con flores.
>
> KAZÚE

¿Necesitaba realmente escribirle, si esto era todo lo que tenía que decir? Kazúe sentía que, en el instante en que pensaba algo, debía hacérselo saber. Dobló la carta y la ató con un fuerte nudo, llamó a un alumno y se la hizo llevar. Podía oír el golpeteo de los pasos del niño corriendo por el pasillo. Shinoda no contestó, claro está, pero, solo con enviar la carta, el corazón de Kazúe se calmaba.

Un día en que caía una fría lluvia, Kazúe partió hacia la casa de Shinoda con un cazo de *kombu* hervido que había cocinado ella misma. Llegó la noche y no paraba de llover. A la tenue luz de la lámpara, la cara de Shinoda aparecía más pálida que de costumbre. Parecía que estuviese temblando. Kazúe nunca había pasado la noche en aquella casa, pero aquella noche no podía pensar en nada más. Ahora Kazúe se extraña de no haber sentido el más mínimo temor en aquel ambiente tenso. Pero se da cuenta de que Shinoda no pronunció ni una sola vez la palabra que hubiera tenido que surgir en aquella situación: matrimonio. ¿Era la actitud natural de un hombre prudente al estar con una joven? ¿O simplemente la cobardía le hacía dudar? Kazúe no estaba segura. Y, a pesar de todo, su comportamiento, lejos de causarle repulsión, la envolvía en una sensación de alivio. Shinoda no buscaba el matrimonio. No quería casarse, solo quería continuar con su romance. O por lo menos así se lo pareció a Kazúe. Pero seguía sin sentir que Shinoda estuviera siendo deshonesto con ella. Kazúe no se quería casar por la peculiar razón que mencioné antes. No se quería casar, pero seguía queriendo a Shinoda. Y cuanto más le amaba, más detestaba la idea del matrimonio. ¿Por cuánto tiempo podría una chica joven albergar tales pensamientos? Kazúe era fuerte y persistió en sus ideas. Nunca se preocupó de pensar lo que podría ocurrir. Quizás hubiese tenido que hacerlo, pero le resultaba imposible. ¿Intentó, entonces, reflexionar sobre tales problemas cuando llegó la hora? No, no había pensado a tan largo plazo. Podía oír la lluvia repicar en el techo.

—¿Te quedarás esta noche? —preguntó Shinoda mirándola.

Y entonces se levantó y sacó las sábanas del armario.

Kazúe recordaría por mucho tiempo lo que ocurrió aquella noche. Quizás fue porque Shinoda no era la primera relación de Kazúe, o quizás porque estaba enamorada de él: aceptó sus caricias sin oponer resistencia. Tal vez para Kazúe era como un contrato. Pero nunca, ni en sus fantasías más extravagantes, consideró que lo que ocurrió entre ellos fuese una promesa de matrimonio. Kazúe sabía que ninguna mujer permitiría tal grado de intimidad sin aquel compromiso. Pero estaba absolutamente segura de que no se casaría con Shinoda. Reafirmó su postura y, cuando Shinoda siguió sin mencionar el matrimonio, se sintió aliviada.

Nadie ha sido nunca tan feliz como lo fue Kazúe por aquel entonces. Continuó visitando de vez en cuando a Shinoda y a menudo pasaba la noche allí. Una mañana había mucha niebla. Kazúe se estaba lavando la cara en el pozo de detrás de la casa de Shinoda, cuando oyó que alguien la llamaba.

—¡Buenos días, señorita Yoshino!

Una anciana que pasaba la había visto.

14

En poco tiempo no hubo un alma en la ciudad que no supiese lo de Kazúe y Shinoda. Parecía que los dos involucrados fueran los últimos en darse cuenta. El chismorreo empezó a mediados de marzo, exactamente un año después de que Shinoda se incorporase a la plantilla de la escuela elemental. Una tarde, después de clase, el director convocó a Kazúe en su oficina.

—Señorita Yoshino, lo siento mucho, pero voy a tener que pedir su dimisión al final del trimestre. Es deseo del ayuntamiento y no podré hacer nada al respecto.

Era la primera vez que Kazúe oía hablar de «dimisión forzosa» y creyó ver un destello de satisfacción en los ojos del director.

Kazúe no puede recordar exactamente qué pensó en aquel momento. Sabía que se le estaba pidiendo la dimisión y que no se habían tomado unas medidas tan drásticas con Shinoda. Pero no lo encontró descabellado. De hecho deseaba en secreto que él escapase al castigo. Kazúe era una mujer y hace unos sesenta años, en una ciudad como la suya, era natural que la mujer recibiese el castigo más duro. Quedaba fuera de toda duda.

—¿Qué harás ahora? —preguntó Shinoda.

—Voy... Voy a escribir a una antigua profesora mía que vive en Corea. Quizás me pueda ayudar.

Esta profesora se había fijado en Kazúe en el instituto para chicas. Kazúe decidió que se reuniría con ella en Corea. Pero no se le ocurrió hasta que Shinoda le preguntó lo que iba a hacer. La profesora vivía en Seúl y trabajaba en la escuela local para chicas. Se llamaba señorita Koike y daba clases de lengua.

Corea era entonces un país muy diferente del que es hoy en día. Para llegar allí desde el pueblo natal de Kazúe había que viajar durante dos días y dos noches. Primero tenía que llegar a Shimonoseki, luego coger el ferry a Busan y desde allí hasta Seúl. Al principio Kazúe estaba tan entusiasmada que el tener que hacer un viaje que la llevaría a una tierra a cientos de millas no la desalentaba lo más mínimo.

Pero ¿significa esto que Kazúe no estaba disgustada pensando en su pronta separación de Shinoda? No; en cuanto vio la consternación que su dimisión le causó, se dio cuenta de que yéndose ella a Corea le ahorraría futuras molestias.

La separación, aunque generalmente causa tristeza, solo le trajo a Kazúe felicidad —por mucho que cueste creerlo— y nunca lo podrá olvidar. Su separación era inevitable. Y esto evitó que Kazúe sufriese.

—Okaka, voy a pasar el próximo trimestre en Corea con la señorita Koike. Ya sabes que Seúl es un buen sitio. Hay un montón de escuelas y la señorita Koike me ayudará a buscar trabajo.

Aquella lejana tierra pareció súbitamente albergar la respuesta a todos sus deseos y a Kazúe no le pareció extraño.

Inútil decir que Kazúe no daba la impresión de una mujer joven obligada a dimitir. Su actitud escapaba a toda explicación para aquellos que la conocían. Aquel día, su último día en la escuela, todos los alumnos se alinearon en el patio y esperaron lo que iba a ser su discurso de despedida. El día antes, Kazúe se había peinado con una elaborada *shimada*. Vestía un kimono de seda con estampado de flechas y largas y anchas mangas. Por encima llevaba una chaqueta *happi* con adornos bordados y una falda *hakama* púrpura ceñida a la altura de sus pechos. Al verla, todos quedaron boquiabiertos.

—Señorita Yoshino, ¿va usted a ir a la ceremonia con el pelo así? —le preguntó el director estupefacto.

No era que los profesores nunca llevasen su pelo al estilo japonés. Algunas veces la profesora de costura venía a la escuela con moño. No era tan solo su cabello lo que había provocado la ira del director. También había puesto especial esmero al maquillarse y la impresión que causó con su kimono de seda fina no era ni mucho menos la modesta autodisciplina que se supone en una mujer forzada a dimitir. El director se quedó pasmado.

—¡No pretenderá aparecer ante sus alumnos así! ¿Qué pensarán? No, debo hablar por usted y usted debe esperar aquí, en la enfermería.

Y el director salió a encontrarse con los alumnos. Su discurso llegó a través del patio hasta los oídos de Kazúe.

—A partir de abril la señorita Yoshino irá a una escuela en Tokio para seguir con su educación. Se quería despedir de vosotros, pero se ha puesto enferma de repente y no puede hacerlo. Sentimos mucho su marcha. Pero, como es para proseguir sus propios estudios, no podemos hacer nada.

Ni un solo alumno creyó las palabras del director. Antes de que acabase la mañana, la noticia acerca de la dimisión de Kazúe se había esparcido por toda la ciudad. Y aunque Kazúe permaneciese impertérrita ante esta noticia, eso no significa que tuviese un corazón de acero.

Sabía que tenía que separarse de Shinoda, por muy difícil que fuese, una vez que la ceremonia hubiese acabado. Iba a ser la última oportunidad que tendría de encontrarse con él. Habría querido que él —y nadie más que él— la mirase y susurrase: «Oh, qué chica más bonita». Esta era la única razón por la cual se había puesto su adornado kimono de seda. Después del discurso del director, tenía que haber una reunión para tomar el té en la sala de profesores, su fiesta de despedida.

—¡Señor Shinoda! —gritó Kazúe mientras Shinoda pasaba deprisa ante la habitación del portero.

Vio que se paraba y tuvo la certeza de que se había vuelto para mirarla.

Pero ¿creéis que Kazúe entendió realmente lo aterrorizado que estaba Shinoda por si los demás le veían? Si a duras penas podía mirar a Kazúe, aún menos podía apreciar si estaba bonita o no.

Kazúe pasó aquel día haciendo el traslado de la barraca de detrás de la granja. Su madre y los niños la esperaban cuando llegó a Kawanishi. Su madre conocía la resignación de Kazúe, y no pronunció ni una palabra de reproche. Sabía que Kazúe había recibido toda la censura que el mundo podía ofrecer. Pero existía un acuerdo tácito entre Kazúe y su madre, un entendimiento que hubiese sido imposible entre una madre verdadera y una hija. Su madre ni tan siquiera dijo: «Corea está muy lejos. No te dejo ir». Quizá se daba cuenta de que Kazúe iría tanto si estaba lejos como si no. Después de todo, lo que Kazúe hacía en aquellos momentos le recordaba lo que su último marido hizo mucho tiempo atrás.

—Kazúe... tú... —empezó su madre—. No deberías ir en tren hasta la ciudad donde se coge el ferry. Ve en barco. Es mucho más barato.

También dijo que podía echarse en el suelo acolchado de la bodega del barco, lo que haría la travesía mucho más confortable. Con la ciudad donde se coge el ferry, su madre quería decir Shimonoseki. Ciertamente el precio del billete era más barato, pero la madre tenía otras razones. El barco partía por la mañana, cuando todavía era oscuro. Kazúe podía huir sin que la viesen. Hubiese sido mucho más difícil pasar inadvertida de haber cogido el tren. A fin de cuentas, su madre no quería que la gente se enterase de que su hija se marchaba.

La mañana de la partida, madre e hija salieron de la casa antes del amanecer. Había seis millas hasta el pequeño muelle conocido como puerto nuevo.

—¡Ha llegado el momento de que me vaya, Okaka! —dijo Kazúe mientras la barcaza alcanzaba el embarcadero.

—No cojas un resfriado.

Apenas podía ver las luces de los lejanos barcos, impulsados por el mar oscuro y envueltos por la niebla. La sirena del barco sonaba en la oscuridad. Parecía que la silueta de su madre, de pie en la orilla, temblase. Entonces Kazúe vio la imagen de Shinoda superponiéndose a la de su madre. Sabía que Shinoda estaba en su casa durmiendo profundamente. Kazúe se iba lejos. Sí, pero cuando se dijo que lo hacía para tranquilizar la conciencia de su amante, sintió que un destello de amor abrasaba su corazón y con ello brotó de nuevo la alegría.

15

—¡Señorita Koike! —gritó Kazúe enfrente de la casa.

No cruzó el umbral de la puerta de entrada. No era una casa de estilo coreano, parecía más bien japonesa. La ventana estaba abierta y podía ver a su profesora en el interior.

—¿Señorita Yoshino? ¿Ha...?

La señorita Koike solo consiguió pronunciar la mitad de la pregunta. No sabía si debía rechazar o acoger a aquella chica que había venido de tan lejos. Ahora Kazúe comprende la consternación de su profesora. Hoy en día recibe cartas similares de jóvenes imprudentes.

Aquella noche, cuando se acostaron, almohada con almohada, la señorita Koike le dijo:

—Sé que tienes la intención de empezar a trabajar de inmediato, pero tendrás que esperar un poco. Una profesora de mi escuela acaba de tener un hijo y, si te apetece cambiar pañales durante un tiempo... bueno, con eso podrás mantenerte hasta encontrar un trabajo mejor.

Kazúe no tenía ni idea de cambiar pañales, pero siempre que Kazúe emprendía una tarea, lo hacía a gusto. Se encontraría en situaciones similares una y otra vez y siempre afrontaría los problemas sin titubear. No lo hacía porque creyera que no tenía otra opción. Aún menos atribuía el curso de su vida a los caprichos del destino. Y no podía decir que hacía lo que hacía porque eso era lo normal. Simplemente, aprovechaba cualquier oportunidad que se le diese. Actuando así, recordaba su niñez, ya muy lejana, cuando accedía a todas las exigencias de su padre —por muy irrazonables que les pudieran parecer a los demás— con un inequívoco «Sí». Este sentimiento, más allá de toda lógica, le había ahorrado tiempo una y otra vez.

Abril todavía era en Seúl bastante frío. Las colinas estaban peladas y los coreanos, que ocupaban inmóviles los márgenes de la carretera, llevaban ropas blancas. Las casas de la ciudad eran diferentes de las de Japón. Kazúe había llegado a una tierra extraña y lejana, aunque no era todavía consciente de estar en ningún lugar concreto. Tenía un único pensamiento. «¿Cuánto falta?» ¿Cuánto falta para que el mundo se olvide de su historia de amor con Shinoda? ¿Qué significa «olvidar» para ella? Kazúe no estaba segura. Pero se hallaba convencida de que el momento llegaría y de que estaría esperándolo.

Casi cada noche, Kazúe escribía a Shinoda. Él pocas veces contestaba, pero Kazúe nunca dudó de su afecto. Él era así.

Como hombre, era natural que no respondiera a la pasión desenfrenada que ella sentía. Kazúe lo comprendió y no lo encontró extraño. Trabajaba duro, y cuando el bebé lloraba, provocaba un descanso a su corazón.

Finalmente, la señora Koike le dijo que le había encontrado un trabajo más estable. Tenía que servir como institutriz. Su jefe era el presidente de una revista dirigida a la comunidad japonesa de Corea. Tenía dos hijos y vivían en una casa lujosa. Por la mañana, Kazúe ayudaba en la limpieza, y por la tarde, supervisaba los deberes de los niños. Al acabar, disponía de tiempo libre. Para una chica de campo como Kazúe trabajar en una revista era algo muy prestigioso. Sí, hace sesenta años todavía lo era. Kazúe trabajó voluntariamente como chica de los recados para la revista, haciendo las más variopintas tareas. Iba de puerta en puerta por las casas de los conocidos de su jefe en busca de suscriptores. A veces, caminaba por las calles de Seúl durante todo el día. Seúl era una gran ciudad. No se podía decir que su trabajo fuese siempre agradable, pero se entregaba del todo; y, concentrando toda su energía en el trabajo, ¿no se dedicaba a él con la misma pasión con la que se había dedicado a su amante? Y ¿cómo fue capaz de vivir con tal tranquilidad durante aquellos tres meses en Seúl? Aun hoy no puede entenderlo. Supo que podía esperar, aunque eso supusiese seguir en aquella situación durante varios años.

Y entonces, una mañana lluviosa, ocurrió algo que lo cambiaría todo. Recibió una carta de Shinoda y era tan gruesa que, al verla, el corazón empezó a latirle con intensidad. El sobre estaba un poco mojado y se dio cuenta de que Shinoda no había escrito su dirección en la parte posterior sino únicamente su nombre.

> Por favor, no te decepciones al leer lo que te voy a escribir. El 20 de julio me traslado a la escuela de Hirose. He tenido problemas por las cartas que me has estado enviando y me gustaría pedirte que no me mandes ninguna más a mi nuevo domicilio. Me han castigado y sabes muy bien lo que va a ser de mí si encima continúo recibiendo cartas tuyas. ¿Quieres ayudarme? Si aceptas, entonces, a partir de hoy no me escribas más, ni tan siquiera una postal. No debo escribirte más.
>
> SHINODA

Tal era la esencia de aquella carta. Repetía una y otra vez el mismo tema. Leyendo, Kazúe sintió que su corazón se enfriaba. Hirose, a diferencia de Kawashimo, era un lugar frío hundido en las montañas. Por más que lo haya intentado, Kazúe no ha sido capaz de recordar lo que sintió en aquel momento. Corrió a su habitación y empezó a hacer las maletas.

—Señora, mi madre se ha puesto enferma. Lo siento mucho, pero debo partir inmediatamente. En el tren de la noche, si es posible.

Se dirigió al salón y repitió la misma excusa ante el dueño de la casa, y lo mismo hizo con la señorita Koike cuando se la encontró.

Cuando Kazúe decide hacer algo, nada puede pararla. Ella es así.

Corrió tan aprisa como pudo al lado de la vía del tren.

16

Todo esto ocurrió hace unos cincuenta y seis años, cuando Kazúe solo era una muchacha de dieciocho. Se creía una mujer madura, pero en realidad solo era una niña. Hoy en día tiene empleadas a cuatro o cinco chicas de la misma edad que ella tenía entonces. Un par se parecen a la chica caprichosa que fue cincuenta y seis años antes, una chica que se consagraba en cuerpo y alma a algo, que nadie era capaz de adivinar lo que haría al minuto siguiente. No es que esas chicas sean buenas o malas. Es simplemente que nadie sabe —en realidad, ni siquiera ellas lo saben— lo que harán dentro de un minuto. Así son estas chicas.

¡Problemas de chicas! Kazúe se sorprende constantemente pensando en ellas, mientras se mantiene al margen y las observa. Pero ese es el tipo de chica que Kazúe era hace cincuenta y seis años.

Aquella noche Kazúe tomó el ferry a Shimonoseki. Disponía de tiempo libre antes de coger el tren para casa, así que vagó por las calles hasta llegar a una ferretería. El pueblo era todo él poco más que una calle. ¿Cómo podía tener una ferretería? Bajo la luz de la linterna eléctrica, rara en los pueblos, Kazúe vio una vasta colección de objetos. Entró para verlos mejor. Había tijeras, sierras, cuchillos de todo tipo y espadas cortas. Estaban perfectamente ordenados.

—Querría este, por favor —dijo Kazúe, cogiendo un pequeño cuchillo enfundado.

Sin dudar, el viejo vendedor envolvió el objeto en papel blanco y se lo dio a Kazúe. La noche era calurosa y había niebla. Kazúe no pensaba en lo que estaba haciendo, pero, en lo más profundo de su ser, ¿recordó cómo su padre, tres días antes de morir, se había arrastrado hacia la carretera de delante de su casa y había amenazado a aquellos que le rodeaban? ¿O quizás estaba planeando, casi como una broma —nada real—, enseñarle el cuchillo a Shinoda?

—¡Mira esto! —diría—. Lo compré al volver. Es mi regalo de vuelta a casa para ti.

Lo ignora.

Cuando acabó el viaje desde Shimonoseki a su pueblo a Kazúe le sorprendió que el pueblo no hubiese cambiado prácticamente nada. Los rayos del sol veraniego deslumbraban. Caminando junto a la vía del tren, recordó que, en la primavera de aquel año, había caminado por aquella carretera hacia Kawashimo. Incluso podía ver cómo las flores azules de los lados de la carretera polvorienta florecían en la hierba húmeda por el rocío.

—Bien, ¡creo que me voy a comprar un quitasol!

Ni siquiera en la tierra de Kazúe la visión de una mujer con un quitasol resultaba escandalosa. La decisión de comprarlo era signo de su voluntad de recuperar los ánimos. Había dejado las maletas en la estación, cogiendo únicamente el cuchillo, que metió oblicuamente en su faja, como un antiguo samurái. Desde allí se dirigió a Honmachi, donde compró el quitasol en la tienda de regalos de Kindoki. Un quitasol rojo. Mientras caminaba, aguantaba el quitasol de tal manera que su cara quedaba escondida. Miró a la izquierda del puente Kintai y empezó a caminar a lo largo del dique, escuchando el clamor de la corriente. Un poco más tarde llegó a las montañas. Bajo el quitasol, Kazúe se sentía alegre.

—¿Cuál será el camino hacia Hirose? ¿Cuál será el camino hacia mi señor Shinoda?

Kazúe nunca había estado allí pero, como chica de campo, había nacido con un agudo sentido de la orientación. Bien, no se trataba exactamente de un sentido, pero desde pequeña sabía cuál era cada camino sin que nadie se lo indicase. Pensó que si caminaba en la dirección opuesta a Takamori y seguía el río hasta donde pudiese, llegaría. Y no se equivocaba.

Kazúe oía el murmullo del arroyo de la montaña. Los árboles formaban un espeso toldo encima de ella y la carretera se oscurecía. Las cigarras chirriaban ruidosamente. De vez en cuando se cruzaba con un hombre que llevaba caballos de carga. En la carretera no había nadie más. Inevitablemente, el hombre se fijaba en el rojo quitasol y después continuaba en silencio. En la carretera que conducía a Takamori había un salón de té en el puerto de montaña. Pero en él no había nada. Encontró una estatua de piedra de Jizo, el guardián de las mujeres y de los niños, a la sombra de un gran roble. Se arrodilló a su lado y se secó el sudor.

—He recorrido por lo menos quince millas —decía— y aún no siento el más mínimo cansancio.

Cuando pensaba que pronto vería a Shinoda, su cuerpo temblaba de alegría.

—¡Estoy tan contenta de haber vuelto!

Kazúe olvidó completamente el cuchillo que llevaba en la faja. Poco a poco se acercaba el crepúsculo. Finalmente cruzó por delante de una casa y más tarde de otra junto a la carretera. Después de caminar un poco más, encontró otras casas. Veía luces parpadeando detrás de los biombos blancos de *shōji*.

Primero, Kazúe buscó la escuela. El portero le dijo que encontraría a Shinoda en una barraca alquilada detrás del templo.

—A un minuto de aquí —le dijo el anciano—. A través de los matorrales el camino está oscuro.

Pero cuando fue a buscar una linterna, Kazúe se escabulló y se apresuró en dirección a la carretera.

—No debo dejar que me vea la cara.

Por primera vez el miedo invadió su pecho. ¿No era este el mismo miedo que había sentido Shinoda? De repente, Kazúe se acordó del cuchillo escondido en su faja:

—¡Me tengo que deshacer de él!

Pero finalmente no lo tiró. Apartó la hierba con el quitasol y empezó a correr. Encontró la barraca entre unos matorrales detrás del templo. Las persianas estaban bajadas, pero podía ver una luz a través de las rendijas.

—¡Señor Shinoda!

No hubo respuesta.

Llamó otra vez:

—Señor Shinoda, soy yo, la señorita Yoshino, he vuelto de Corea.

La persiana se abrió de repente y Shinoda apareció vestido con un *yukata* blanco y con las piernas abiertas, dispuesto a no dejarla pasar. La luz estaba detrás de él y al principio Kazúe fue incapaz de ver su cara. Pero él, enfadado, empezó a dar patadas en la terraza y alargó una mano hacia el hombro de Kazúe.

—¡Señorita Kazúe! ¿Qué estás...? —su voz temblaba—. ¿No leíste mi carta? Entonces, ¿cómo se te ocurre venir?

—Señor Shinoda...

Kazúe no sabía qué decir. No, sabía demasiado bien qué decir.

Si Shinoda hubiese dicho:

—¡Oh, qué contento estoy de que hayas vuelto! Debes de estar cansada. ¡Tenía tantas ganas de verte!

Si por lo menos hubiese dicho esto, Kazúe habría dado media vuelta y regresado a Corea. Nunca había pensado en quedarse con él. Por esta razón había dejado las maletas en la estación. Quería contárselo.

—Señor Shinoda, acabo de llegar. El portero me ha visto... pero nadie más.

—¿El portero? ¿Te ha visto el portero? ¡Estoy acabado! Si el portero te ha visto, seguro que ya se lo ha contado a todo el pueblo. Solo piensas en ti misma, ¿no?

En aquel instante Kazúe comprendió lo que sus actos significaban para él. Los temores de Shinoda estallaron en su cara.

—¡Querido!

La angustia impulsó a Kazúe a enlazarle las rodillas.

Él dio un salto.

—¡Vete! Vuelve al pueblo esta noche. ¿Me oyes? ¡Fuera de aquí! —su voz era fuerte—. ¡Fuera de aquí he dicho!

Y con todas sus fuerzas la empujó por los hombros.

Kazúe se tambaleó entre los arbustos del jardín. La fuerza del golpe hizo que la punta del cuchillo apareciese a la vista, por encima del kimono fino y liso.

—¿Qué es eso? —gritó Shinoda mientras saltaba al jardín—. ¿Has venido para amenazarme?

Arrojó a Kazúe al suelo y sacó el cuchillo de la faja.

17

Había salido una pálida luna. Kazúe nunca había visto una cara tan aterradora como la de Shinoda en aquellos momentos. Sus hombros se convulsionaban cada vez que respiraba.

—Me desafías trayendo esto... —empezó a decir.

Después, mirando a Kazúe una vez más, saltó a la galería dejando la frase por acabar. Entró en la casa y cerró de golpe la persiana.

El aire fresco de la noche envolvía a Kazúe. ¿Qué había ocurrido? No lo sabía. Recordaba que había introducido el cuchillo en su faja, pero ¿por qué razón? Ahora lo entendía. En ningún momento había intentado agredir a Shinoda, ni siquiera en sus sueños más salvajes. Simplemente quería que supiese que lo tenía. Pero ¿por qué? ¿Por qué quería que lo supiese? ¿Estaba hasta tal punto dispuesta a cualquier cosa, con tal de hacerle cambiar de parecer, como para llegar a comprar un cuchillo?

Al pensarlo, Kazúe sintió que se le helaba el corazón. Todo estaba demasiado enredado para desenmarañarlo. No obstante, Kazúe sintió que podía entender los sentimientos de Shinoda. La emoción que creía que la había atado a él se partió en dos. Era extraño, pero Kazúe no lloró. Tan solo tenía dieciocho años y acababa de padecer la inconstancia de un amante, pero no lloró. Y fue porque creía que el cambio en el corazón de Shinoda tenía justificación. No era el tipo de chica a quien él podía amar. Era una chica aterradora que amenazaba su integridad. Y, sin duda, Kazúe se había comportado de un modo que confirmaba estas expectativas. Ahora creía que él tenía razón al alejarse de ella.

El estanque del jardín, los árboles y las hierbas parpadeaban débilmente en los ojos de Kazúe. Los insectos chirriaban. La frialdad del suelo del jardín se filtraba hasta sus rodillas. ¿Qué había ocurrido? Kazúe lo podía ver claramente, tan claramente como si de repente se hubiese librado de un espíritu que la poseía. ¿A qué podría compararse lo que sintió en aquel momento? Sintió removerse en su corazón los mismos sentimientos que conoció de pequeña, mucho tiempo atrás, cuando respondía obedientemente a las exigencias de su padre. Y sería una falsedad decir que el sentimiento era más amargo.

Más tarde, durante su larga vida, hubo otras veces en que Kazúe llegó a conclusiones drásticas. Y no era que se sintiese obligada a abandonar sus deseos, creyendo que era mejor no perseguirlos. Más bien dejarían de interesarle, como a quien despierta de un sueño, y así se quedaría exactamente donde se encontraba.

Kazúe se levantó y sacudió la tierra de su kimono en un acto reflejo. Recogió el quitasol y emprendió el camino. No miró atrás. La luna brillaba en el cielo. Parecía que le señalase el camino de vuelta a casa. Una chica abandonada por su amante acostumbra a caminar con pasos pesados y lentos. No era el caso de Kazúe. Simplemente caminaba por el camino que ella misma se había trazado. Había hecho lo que había hecho y el desenlace era de esperar. *Kata, kata.* Sus sandalias de madera resonaban bajo el cielo nocturno. Sí, después de todo, temblaba.

Había quince millas hasta el pueblo, pero caminó rápido, como si flotara en el espacio. Todas las casas del pueblo estaban cerradas, sus ocupantes dormían profundamente. Kazúe llegó a su propia casa y, cuando vio las persianas cerradas del todo, se dio cuenta por primera vez de que las lágrimas se deslizaban por sus mejillas. Lágrimas dulces.

—¡Okaka! ¡Okaka! —llamaba Kazúe desde el exterior—. Okaka, he vuelto. He vuelto de Corea.

18

Aquella noche marcó un final. Kazúe no volvió a hablar de Shinoda. Y, por supuesto, no confió a nadie la pena que sintió al ser abandonada. Pero ¿no significa esto que, sencillamente, se tragó su sufrimiento? Su amor por Shinoda se había acabado en el jardín de aquel templo. Lo entendía a la perfección. Podía parecer que el corazón de Kazúe se había fortalecido. Pero no era ese el caso. Ella y Shinoda habían acabado y no se lo contó ni a su madre ni a sus hermanos.

—Okaka, tengo buenas noticias.

Hacía bastante tiempo que Kazúe no veía a su madre. ¿Qué podía contarle sino «buenas noticias»?

—He vuelto de Corea porque el editor de la revista quiere que le eche una mano en la difusión de esta por la región.

La mitad de lo que dijo era verdad, la otra mitad no. Antes de dejar Corea se había acordado de meter unos cuantos formularios de suscripción en su cartera. Kazúe hacía las cosas de esta manera por una actitud típicamente suya que consistía en estar siempre trabajando. ¿Dónde se hallaba el origen de dicha actitud? Kazúe no estaba segura. Pero desde la primavera de sus dieciséis años cuando empezó a trabajar como profesora hasta hoy, en que ha superado los setenta, Kazúe siempre ha estado ocupada en alguna tarea. Ha trabajado de costurera y de camarera. Cualquier trabajo era válido, su objetivo fue siempre el dinero. Pero esto no lo era todo. Kazúe siempre se llevaba algo entre manos. Y no es que fuese particularmente diligente. Hacía lo que hacía por la misma razón por la que la sabandija se arrastra o el pájaro vuela. Quizás se podría decir que esa es la naturaleza propia de una chica de campo, naturaleza de la que ella nunca ha sido consciente. Para Kazúe, el trabajo era una manera de tranquilizar a su madre. Esto pensaba, y viéndola, nadie hubiese imaginado que la víspera aquella chica había comprado un cuchillo y había visitado a un hombre.

El nuevo empleo que Kazúe había improvisado se veía alentado por el respeto que aquel tipo de trabajo merecía a su madre y a Satoru, el hermano pequeño, ahora estudiante de los primeros cursos de enseñanza media. La gente del campo, hace unos sesenta años, admiraba con asombro difícil de creer a los que trabajaban en periódicos, revistas o publicaciones de cualquier tipo. Con todo, qué podría haber más insignificante que salir a pescar suscriptores para una revista, ¡cuando incluso los vendedores de seguros, que pronto recorrerían la región, tenían un empleo más provechoso! No, de ninguna manera se podía llamar trabajo a la venta de revistas. Pero no había manera de decírselo a la madre de Kazúe.

—Deberías ir a Takamori. Así es, deberías pedirles a los de Takamori que te escribieran una carta de recomendación o algo que puedas enviar a toda la familia Yoshino, pidiéndoles que se suscriban —sugería Satoru con excitación.

Parecía que sus parientes tuvieran que acceder a la proposición de Satoru. Cuando Kazúe fue a visitarlos, encontró a su tía poco cambiada desde los tiempos en que su padre vivía.

—¡Vaya, Kazúe, has cambiado tanto que me ha costado reconocerte!

Era la primera vez que su tía veía a Kazúe maquillada, y expresó su asombro. Allí estaba una chica que había ido a Corea por su cuenta. Aparentemente, Kazúe era la única de la familia que había olvidado su conflictiva marcha de la escuela. Pero las noticias habían llegado hasta Takamori. Ahora que el padre de Kazúe estaba muerto, Kazúe se convirtió en el objeto de la curiosidad de la familia. Nunca habían oído hablar de un trabajo que consistiese en buscar lectores para una revista y lo encontraron tan curioso como la «dimisión forzosa» de Kazúe.

Después de la muerte del padre de Kazúe, los parientes de Takamori rompieron todos los lazos que los unían a su hermano díscolo y a la familia de este. Hacerlo había sido doloroso. Pero ahora Kazúe había llegado y su solicitud parecía trivial.

—Perfecto. Escribiré cartas a todos nuestros parientes. Sorprendentemente, muy pocos saben de ti, Kazúe.

Tras lo cual su tía calló. ¿No habría alguien que se hiciese cargo de aquella niña? Aquí ya la habían despedido de su empleo y se había marchado a Corea. ¿No estaba tambaleándose por el mismo camino que había seguido su padre ? ¿No habría alguien capaz de retenerla con un abrazo disuasivo? Si actuaban, todavía no sería demasiado tarde. Debían detener todos aquellos disparates sobre revistas y llevarla por el buen camino. Hacer de ella una novia decente. Pero mientras su tía pensaba estas cosas, se preguntaba cómo se las podría explicar a Kazúe. Miró fijamente la cara maquillada de la chica como si no hubiese visto nunca cosa más despreciable.

—Bueno, ¿por qué no pasas la noche aquí? Okin, cuando se haga oscuro y haga más frío, lleva a Kazúe a visitar las tumbas.

Ordenarle esto a la criada le permitía dejar de cavilar.

En las viejas familias de campo se anuncia la llegada visitando las tumbas ancestrales. El templo de la familia Yoshino estaba al otro lado de la carretera, a cuatro pasos de la casa. Kazúe caminaba en la oscuridad del lóbrego recinto quemando incienso y ofreciendo flores ante cada una de las treinta o cuarenta tumbas que formaban la parcela familiar. Fue presa de un sentimiento inefable. Había tumbas con lápidas imponentes y otras que eran simplemente un montón de rocas. Si aquellas eran las tumbas de generaciones y generaciones de Yoshinos, entonces también su padre, y hasta ella misma, descansarían en aquella parcela algún día. El pensamiento la llenó de una emoción indescriptible. Allí estaba ella, una chica que había regresado al redil tras deambular durante algún tiempo. Ver las tumbas de sus antepasados le causó una profunda impresión desconocida hasta entonces.

La ancha avenida de árboles zelkova, que llegaba hasta el templo, y el cielo crepuscular parecían estar envueltos en un clima de profunda añoranza. Kazúe no podía creer que el día anterior hubiera cogido un cuchillo y visitado a un hombre.

—Señorita Kazúe, los mosquitos de los matorrales acaban de salir.

Kazúe no pensó en ponerse en marcha hasta que Okin le metió prisa.

19

Shigino, Kawagoe, Fujiu, Tabuse, Marifu, Mishó... Kazúe, carta en mano, hizo el circuito de todos los pueblos de la zona. Ninguna de las familias que visitó era tan rica como la de los Yoshino de Takamori, pero todas ellas eran las más antiguas de sus pueblos. En cada casa Kazúe encontró la misma reacción que en Takamori y por el mismo orden. Primero, todos los miembros de la familia se maravillaban al ver su cara maquillada, y luego, obedeciendo a sus peticiones, se encontraban deseando penosamente transformar a aquella chica en una joven decente. Ocurría lo mismo en cada casa.

Kazúe era la única que no se daba cuenta. Cuando se disponía a irse de la casa, alguien le escribía una carta —como su tía había hecho en Takamori— y todo lo que se le ocurría pensar era que su trabajo estaba progresando de maravilla. No podía pedir más. De joven, mucha gente ha creído en su propio éxito. Kazúe, su madre y sus hermanos no sentían la más mínima preocupación acerca del trabajo de Kazúe. Y una gran felicidad reinó en la casa. Al menos por algún tiempo.

Un atardecer de verano Kazúe llevó a sus hermanos a comer hielos de sabores al borde del río, bajo el puente Garyō. Los bailes Obon habían finalizado, pero los encargados de los tenderetes seguían colgando sus linternas rojas y colocando hileras de bancos. Kazúe solo tenía unas pocas monedas en su monedero, pero ir a comer hielo era uno de los lujos que se permitió aquel verano. Invitó a sus hermanos a acompañarla. Kazúe se había vestido con su *yukata* nuevo, la cosa más bonita que tenía. Al mirar atrás y ver cómo los niños la seguían se sintió feliz.

—¿Eres tú, Kazúe? ¿Entonces es que ya has vuelto?

La gente saludaba a Kazúe cuando pasaba junto a ella y le preguntaba, evidentemente, por su regreso de Corea, algo que Kazúe ya había olvidado. En un pueblo, los actos de una joven se recuerdan con tanta claridad que quizás algún día consten en algún libro.

—¡Allí está aquella vieja bruja! —siseó Satoru.

Pero Kazúe pretendió no oírle.

No había luna y la orilla del río estaba oscura, excepto allí donde las linternas rojas se balanceaban de lado a lado, reflejándose en el agua. Las caras de los que estaban sentados en los bancos a lo largo de la orilla lucían rojas bajo la luz de las linternas. Una breve brisa venía del río.

—Hermanita, quiero un helado *kindori* especial.

—¡Yo también!

—Querríamos unos cuantos helados *kindori*, señora. Seis, por favor.

Un helado *kindori* era una montaña de virutas de hielo cubiertas con un jarabe dulce de judías *azuki*. Era el helado especial más caro.

—¡Dios mío! ¡Seis helados *kindori*! —dijo una señora sentada en un banco cercano—. ¿Kazúe? Porque ¡eres Kazúe! Te has convertido en una mujer tan bella que casi no puedo creer lo que veo —aquella dulce voz solo podía ser de una persona: su tía de Teppō Koji—. Jōji, mira. Es Kazúe.

El joven sentado junto a la mujer no miró hacia ellos. Vestía un *yukata* blanco y las tres líneas blancas de su sombrero se podían ver incluso en la oscuridad.

—¡Tercera Escuela Superior de Kioto!... ¡Un estudiante de la Tercera! —murmuró Satoru con envidia.

—Ha pasado tanto tiempo, querida... ¿Cuántos años han pasado? Jōji, acerca un poco el banco hacia aquí.

Como el joven pretendía no oír, su madre cogió el banco y lo acercó a Kazúe y sus hermanos.

—Aquí, déjame ayudarte —Kazúe cogió un extremo del banco—. Hola, Jōji.

Jōji era el hermano menor de Keiichi, el chico que, durante la estancia de Kazúe en casa de su tía, nunca le había dirigido la palabra, escondiéndose tímidamente tras su hermano.

Según lo que le había dicho su tía, Keiichi se había ido a Tokio y Jōji estaba en la Tercera Escuela Superior en Kioto. Como aún era joven, a ella le preocupaba que viviese por su cuenta tan lejos y quería estar con él, pero tenía que cuidar de su marido y no podía irse.

—En lugar de dejarle vivir por su cuenta, sería más barato tener a alguien viviendo con él —dijo.

En la oscuridad a Kazúe le pareció oír que su tía le decía: «Entonces, ¿no serás tú la que vaya?». Pero ¿qué significaba aquella proposición? Kazúe sospechaba. La tía era de su misma sangre, cierto, pero, por muy tranquilizadoras que sonasen sus palabras, al principio Kazúe no confiaba en ella.

—Ya que estáis comprando helados *kindori*, os vamos a acompañar. Y yo los pagaré todos.

Aquella noche, cuando llegaron a casa, los niños le contaron a su madre que una señora les había comprado helados *kindori* y todo lo que había dicho.

—No hemos tenido que gastar el dinero de nuestra hermanita.

—Oye, ¿sabías que Jōji era alumno de la Tercera Escuela?

Luego, aquella misma noche, Kazúe recordó lo que su tía le había dicho. Recordó también la cara de Jōji sentado y en melancólico silencio. «Se parece a él», pensó. Pensó que su expresión era parecida a la de Morito, el chico a quien había amado por tan breve periodo de tiempo en la primavera de sus quince años.

Pero quizás sus caras no se parecían demasiado. Quizás solo había algo que parecía similar en sus poses de silencio autoimpuesto. O quizás era que la manera en que la madre de Morito se encargaba del negocio de la familia, su voz autoritaria retumbando sin fin por toda la casa, era similar a la manera en que la madre de Jōji charlaba y charlaba sin parar. Incluso años más tarde, Kazúe reflexionaría sobre estas cuestiones. Entonces, aunque eso no tuviese nada que ver, creía sin ningún tipo de dudas que le gustaba a Jōji. ¿Cómo había concebido ella tal idea? Kazúe no lo sabía. Pero creer esto le anegaba el corazón de tibieza, como si de una ola de agua caliente se tratase.

Una mañana de octubre recibió inesperadamente una carta de Jōji. Estaba en Kioto. Era una carta breve, que descubría muy poco: «He alquilado una habitación en uno de los edificios que están junto al Chion-in».

Jōji ni tan solo abrió la boca aquel día en la orilla bajo el puente Garyō. Y ahora le había escrito una carta. Kazúe intentó imaginar cómo sería su habitación alquilada en el templo. No podía evitar ver una similitud entre la carta sin propósito fijo de Jōji y las misivas que Morito le había dejado en el canalón. Kazúe respondió con una carta breve que decía muy poco. Su correspondencia era tan accidental que se hacía imposible creer que significaba algo para ellos. Pero en la carta que Jōji le envió al final de sus vacaciones de invierno, escribió:

Me voy de Kioto en el expreso de las 3.00, el veintitrés de este mes. Llegaré a la estación de Hiroshima a las 9.26 de la noche. Si es posible, ¿vendrás a buscarme a la estación?

20

Kazúe calcula que hace unos cincuenta años su madre tenía poco más de treinta. Pero en aquel entonces no se consideraba joven a una mujer de aquella edad. La muerte del padre de Kazúe la había dejado a cargo de sus cinco hijos; y, por si esto fuera poco, tenía que convivir un día y otro con una hijastra que no sabía comportarse. ¿Cómo se las apañó? Ahora que Kazúe ha vivido todo lo que ha vivido, cree entender lo que su madre debía de sentir.

Evidentemente, la madre de Kazúe se preocupaba por sus hijos. Pero ¿no había otra persona, no demasiado allegada a ella, que también ocupaba el pensamiento de su madre, que rozaba su corazón como un viento pasajero? Cada vez que Kazúe piensa cómo debió sentirse su madre por aquel entonces, su corazón empieza a latir con fuerza.

—Okaka, Jōji llega de Kioto esta noche y voy a ir a buscarlo —dijo Kazúe, mientras atravesaba la casa corriendo, cambiándose de ropa.

Salió velozmente por la puerta y por la noche aún no había vuelto.

Aquella noche, esperando el regreso de su hija, debió de recordar la cara de la mujer de Teppō Koji. ¿No había entre Kazúe y su tía alguna relación especial que la hubiese impulsado a salir tan de repente a buscar a su primo? ¿Y por qué no había vuelto todavía? Su madre debió recordar la noche en que habían enviado a Kazúe a Teppō Koji para contraer matrimonio. Kazúe era solo una niña y la habían enviado para casarse con el hijo mayor, Keiichi. Pero ahora estaba con su hermano menor. ¿Era decente? Quizás. Su madre no estaba segura. De todas formas, su hija ya no era lo que se podía llamar virgen y pura. No era el tipo de chica a la que podías casar de manera tradicional. Y había un lazo de sangre con la familia entonces, ¿qué podían encontrar de malo los chismosos del pueblo en que Kazúe fuese recibida de nuevo en la casa de su tía y enviada a vivir a Kioto o quizás a Tokio con su primo? Al contrario, respondía perfectamente a los intereses de Kazúe.

Su madre debió de pensar estas cosas. Debió de intentar convencerse de que no debía alarmarse por el comportamiento temerario de Kazúe.

—¡He vuelto! —gritó Kazúe al día siguiente, entrando por la puerta principal, poco después del mediodía—. Lo encontré en Hiroshima. Paseamos por la ciudad y, antes de darnos cuenta, ya era demasiado tarde para volver a casa. Así que, como habrás adivinado, pasamos la noche allí... en una posada pobre y pequeña de las afueras de la ciudad.

Kazúe hablaba como si nada anormal hubiese pasado.

Que Kazúe hubiese pasado la noche con Jōji en una posada no sorprendió a su madre. Pero estaba sorprendida porque su hija no intentaba esconder de forma alguna sus actos. ¿Era su indiferencia consecuencia del hecho de que sabía que sus parientes consentirían tácitamente su relación con Jōji, puesto que era su primo? ¿O era posible porque su corazón no albergaba ni rastro de la llama de la pasión? Era una pregunta que nadie podía responder.

Más tarde, siempre que Kazúe recordaba su relación con estar tan cerca el uno del otro. Él le pidió que fuese a Hiroshima y ella fue. Hasta entonces nunca había estado en Hiroshima. Desde hacía tiempo, asociaba la ciudad con Morito, su primer amor. «Morito fue allí a la academia militar», se decía cuando oía el nombre, o bien: «Allí estuvo Morito ingresado en el hospital». Estos pensamientos aceleraban su corazón.

A la mañana siguiente, cuando se despertó en la posada, Kazúe oyó el estruendo de las cornetas y vio a las tropas corriendo por las calles. A su lado se encontraba su primo, no Morito. Pero no por eso Kazúe le quería menos.

Las vacaciones invernales de Jōji se prolongaron todavía medio mes. Kazúe visitaba la casa de Teppō Koji de vez en cuando. Después del Año Nuevo solía llevarse a su hermano Satoru, como para mostrar que sus visitas ya no eran simplemente una cuestión entre ella y Jōji. Ahora, el conjunto de la familia estaba involucrado en el intercambio y la relación se llevaba públicamente.

Al cabo de un tiempo alguien sugirió que Kazúe fuese con Jōji a Kioto y la idea cuajó.

—Tengo dos kimonos estampados para Jōji, Kazúe. Se los darás cuando te vayas —mencionó su tía de manera despreocupada.

Y así, se decidió que Kazúe iría con Jōji. Sorprendentemente, la perspectiva no desconcertó a nadie.

Una mañana fría y oscura de febrero, Kazúe subió a bordo de un barco. Siempre que viajaba lo hacía en barco y al amanecer. El barco que cogió salía del muelle nuevo y atravesaba el mar interior hasta los puertos de Kobe y Osaka. Desde allí iría en tren de vapor hasta Kioto. Le hubiese sido muy fácil coger el tren directamente en la estación del pueblo. Pero, al igual que cuando se fue a Corea, el billete de barco era más barato. Y, como en la ocasión anterior, salir de un puerto pequeño en la oscuridad del amanecer era menos llamativo que salir de la estación, donde todos los ojos se hubiesen fijado en ella. Cuanto más lo pensaba, más segura estaba de haber escogido el itinerario correcto. ¿Le daba vergüenza que la viesen? ¿Acaso huía de algo, lo que la hacía sentirse inclinada a ir en barco? La sirena del barco sonaba en la niebla.

—Me voy, Okaka.

—No cojas un resfriado.

Las palabras de despedida eran, también, las de la otra vez.

Kazúe no sintió ningún remordimiento al mirar los grupos de islas y las montañas de su tierra natal, casi tan etéreas como la niebla. Había abandonado aquella ciudad dirigiéndose a otras regiones mucho tiempo atrás. De hecho, ¿no seguía el mismo camino que su padre había marcado, con los mismos sentimientos?

Kazúe llegó a Kioto por la tarde. Jōji fue a buscarla vestido con una *hakama* tradicional. Tan pronto como vio a Kazúe sonrió, pero no dijo palabra alguna de bienvenida. Kazúe no había notado con anterioridad que, cuando sonreía, sus ojos desaparecían en la oscuridad de sus espesas pestañas. Le pareció que lo veía sonreír por primera vez.

En Kioto hacía un frío cortante, frío que Kazúe vuelve a sentir cada vez que recuerda Kioto. Las habitaciones de alquiler del templo estaban desiertas, lejos de lo que Kazúe había imaginado acerca del famoso recinto del Chio-nin. En la pensión había unas cuantas habitaciones pequeñas, del mismo tamaño y en hilera, algo parecido a lo que más tarde sería conocido como «casa de apartamentos». Más allá de las habitaciones había un vestíbulo.

Jōji condujo a Kazúe a una de las habitaciones, donde encontró un escritorio, una estantería y un brasero de carbón vegetal. El kimono de Jōji estaba colgado en la pared. Se quitó la capa y el sombrero y los colgó en el mismo sitio. Kazúe colgó su kimono en la pared. No había armario. La imagen del kimono púrpura de una mujer colgado al lado de la capa negra era llamativa. La incongruencia impregnaba la habitación.

—¿Está cerca la escuela?

—Sí.

A esto se redujo su primera conversación en aquel cuarto. A Kazúe le gustaba la sencillez de la habitación. Kazúe se preguntaba si la vida sencilla que a buen seguro les esperaba era lo que la gente entendía por enlace entre un hombre y una mujer. De alguna manera se sentía segura. Con Jōji, Kazúe no tenía miedo de quitarse la máscara que se veía obligada a conservar con otros hombres, pues Jōji la conocía desde que ella tenía trece años. La conocía desde antes de que se pusiese la máscara y estaba al corriente del secreto de su piel oscura. Probablemente, este secreto había amargado sus relaciones con los otros hombres. Sin embargo, cuando se dio cuenta de que no tenía secretos para Jōji, Kazúe sintió que un calor indescriptible inundaba su corazón.

—¿Tienes algo de carbón? Deberíamos encender el fuego, ¡me estoy helando! —dijo ella en broma.

Luego se levantó. En aquel momento, de aquella manera, empezó su vida en común.

21

¿Cómo llamaríais a la nueva vida que compartían Kazúe y Jōji? ¿Cómo os explicaríais que Kazúe no tuviese ninguna intención de casarse y que este sentimiento hubiese tomado forma en su interior de manera natural? Kazúe se había convencido de que nunca se casaría. Se decía a sí misma que era porque le aterrorizaba retirar la máscara de maquillaje, mostrando su tez oscura. Pero ¿era esto posible? Kazúe era consciente de lo atractiva que resultaba con el maquillaje. Cualquiera que la viese pensaba que era una belleza. Imaginarse sin máscara la llenaba de temor. Pero ¿cuánto tiempo duraría ese temor? Al llegar a este punto, Kazúe ponía fin a sus reflexiones. Lo que sabía era que despreciaba el matrimonio.

Esta actitud hacía que Kazúe compartiese cada vez menos la idea generalizada del matrimonio como algo sagrado. Por eso no creía que su relación con Jōji condujese al matrimonio. Con Jōji, por supuesto, no sentía temor alguno a exhibirse, lo cual representaba una diferencia significativa, pero no quería decir que quisiese casarse con él. No existía ninguna razón por la cual odiase el matrimonio. Pero una vez hizo suya la idea, esta persistió. A algunos les parecerá increíble, pero esta idea liberó a Kazúe de la palabra «matrimonio» de una manera tan natural que parecía casi instintiva. Y así continuaría por el resto de su larga vida.

¿Cuál es el propósito que lleva a un hombre y a una mujer a vivir juntos si no es el matrimonio? Kazúe llamaba a Jōji «Ani-san», que era como llamaban las chicas a sus hermanos mayores en el pueblo de Kazúe. Jōji no era un extraño. Después de todo, eran parientes. Así que, llamarle «Ani-san» era para Kazúe medio verdad medio ficción.

Efectivamente, querían que los demás pensasen que eran hermanos y no marido y mujer. Su engaño era inocente e infantil, pero había gente que, oyendo a Kazúe llamar a Jōji «Ani-san», lo creía realmente. Como primos, tenían un cierto parecido. Había un año de diferencia entre ellos y se podía creer que eran hermanos.

En la pensión del templo solo había un cuarto de aseo. Todos los huéspedes lavaban allí sus platos, su arroz y sus caras.

«¡Qué suerte la tuya al tener una hermana que esté contigo!», le decía alguna gente a Jōji mientras se lavaba la cara. Como era un hombre de pocas palabras, Jōji ni pensó en abandonar sus quehaceres para corregirles. Y cuando uno de sus compañeros de escuela dijo «¡Qué hermana más bonita tienes! ¡Invítala a salir con nosotros algún día!», su respuesta fue la misma. Parecía que el engaño iba a ser descubierto, pero al final no pasó nada. Y fue porque el miedo instintivo de Kazúe por su máscara, al ocupar una parte tan grande de su vida, servía como una forma de autoprotección.

—Ani-san, ¿es este todo el carbón que nos queda? —preguntaba Kazúe desde un rincón de la habitación, mientras miraba los trozos de carbón envueltos en papeles de periódico.

Cogía un *furoshiki* de llevar la ropa y salían a la calle del Chion-in a comprar más.

—Tampoco nos queda arroz —decía Kazúe.

La tienda de arroz estaba junto al repartidor de carbón.

A veces, Jōji ni se daba cuenta de que se habían quedado sin dinero y no podían comprar lo más esencial. O no, quizás se daba cuenta, pero simplemente no le importaba. Kazúe compró lo que pudo con el poco dinero que le quedaba. Pero, una vez se hubo acabado, empeñó los kimonos estampados que su tía le había dado para Jōji, y después cogió todos los libros que no necesitaba para las lecciones del día siguiente y los empeñó también. Cuando se quedó sin libros vendió la estantería que los había contenido.

El padre de Jōji se había retirado del tribunal en la primavera del año anterior, y el dinero que Jōji había estado recibiendo dejó de llegar. ¿No se conmovió Kazúe al recibir la noticia? En realidad, Kazúe nunca había pensado demasiado en cómo ella y Jōji vivirían en Kioto. Y, teniendo en cuenta que los estudiantes sobrevivían con muy poco, no se sintió particularmente alarmada por su falta de ingresos. Y tenéis que recordar que Kazúe estaba acostumbrada a la pobreza. Quizás incluso se podría decir que le gustaba. Pero ¿cómo podría describirse su vida? ¿Era la confianza en su vida en común lo que permitía a Kazúe ser tan despreocupada?, ¿o encontró la felicidad al utilizar su ingenio e imaginación para rechazar la pobreza que les estaba amenazando?

No le preocupaban las dificultades mientras estuviesen juntos. Pero ¿era eso todo? Se sentía feliz en la pobreza si se las podía ingeniar para paliar las privaciones más básicas.

Y ni tan siquiera en sueños se dio cuenta de que lo hacía todo por amor a Jōji.

A los dos o tres días de estar en Kioto, Kazúe encontró trabajo como mujer de la limpieza. Limpiaba la casa de un estudiante chino desde el mediodía hasta la noche. La casa se encontraba en un barrio tranquilo de Okazaki. Había un tren, a pesar de lo cual Kazúe caminaba, como había hecho dos años atrás cuando iba a pie a la escuela ignorando el tren que hacía el recorrido entre Kawanishi y Kawashimo.

Toda la atención de Kazúe se centraba en su maquillaje. Llevaba los kimonos que no había empeñado, y los que la veían en la calle se fijaban en ella, ya que parecía una muñeca vestida con harapos. Pero Kazúe no se daba cuenta.

¡Hay tanto que ver en Kioto! Desde el templo donde nos hospedamos puedo ver las flores del cerezo florecer por toda la ciudad.

No olvidó mandarle una postal a su madre. Desde que llegó a Kioto hasta agosto, cuando se marcharon, Kazúe no había visitado ninguno de los monumentos históricos de la ciudad. No es que no supiese de su existencia, sino que no quería verlos. Su vida estaba fuertemente atrapada en la pobreza.

22

Kazúe y Jōji dejaron Kioto y, durante tres años, hasta que Jōji se graduó en la universidad, vivieron juntos en Tokio. Durante este periodo, dejaron de recibir dinero de la familia de Jōji. En realidad, Jōji no asistía a las clases ya que estaba trabajando en una oficina del gobierno. Cuando llegaron, Kazúe trabajó de secretaria en la oficina de una revista; daba clases particulares a los hijos de una familia y hacía toda clase de cosas. Pero, aun así, había días, cuando todavía no había cobrado, que no tenían ni para comer. Cuando esto ocurría, Kazúe trabajaba de camarera en un hotel o en un café, ya que tales trabajos se pagaban al momento. Con bastante frecuencia, de todos modos, este tipo de establecimientos dudaban en contratar a una chica como Kazúe: una muñeca vestida con harapos. Y no era solo por los harapos. Se convirtió en objeto de compasión y deseo a los ojos de quienes la habían contratado así como a los de los clientes. Una vez, alguien deslizó en su mano un papel con una dirección escrita y dijo:

—Sé de un buen trabajo. ¿Por qué no vienes esta noche cuando hayas acabado aquí?

¿Qué le ocurrió al aceptar la oferta? Kazúe se encontró poniéndose rápidamente sus sandalias y saliendo a trompicones por el jardín del propietario de la casa. Huyó en dirección a la calle. Cuando la correa de una de las sandalias se rompió, se las quitó y las tiró, continuando descalza.

Kazúe no le dijo ni una palabra a Jōji. Siempre se guardaba sus desgracias para sí misma, en cualquier situación y en cualquier lugar. Si llegaba tarde a casa, Jōji nunca pronunciaba más que un: «Más bien tarde ¿no?». Si la recia puerta de papel de su habitación estaba abierta, sonreía al verla. Eso era todo. Años más tarde, Kazúe recordaría a menudo estos hechos y, cuando ocurría, la sonrisa de Jōji se le aparecía tan real que casi creía tenerlo ante sí.

Al contrario que Kazúe, Jōji había sido criado por padres cariñosos. Se sentaba en su habitación y no le importaba lo que ocurría a su alrededor. ¿Intentó alguna vez evitar que Kazúe hiciese lo que hacía? No, más bien parecía que lo esperase; contaba con ello. Y es por eso que cada vez que a Kazúe se le ocurría hacer algo, lo hacía. En este aspecto, Jōji y ella se compenetraban perfectamente.

¿Qué vio Kazúe los primeros días en Tokio? En cuanto llegaron, llamaron al hermano mayor de Jōji, Keiichi. La habitación que alquilaba estaba en el segundo piso de una casa tras el Templo Yushima Tenjin. Keiichi era quien tenía que haberse casado seis años antes con Kazúe, cuando esta tenía trece años. Tras haberse graduado en la escuela media, llegó a Tokio, hizo los exámenes de ingreso para varias escuelas y fue de trabajo en trabajo, sin encontrar nada estable. Pero a buen seguro algo tuvo que hacer, ya que también dejó de recibir el dinero familiar.

—¡Vaya, te has convertido en una verdadera belleza!

En cuanto Keiichi hizo esta observación a Kazúe, se giró hacia la mujer tumbada sobre el jergón en el suelo.

—¡Hey! Jōji ha llegado.

El fuerte olor a repelente de mosquitos invadía la habitación. La mujer, con la cara pálida y cansada bajo el peso de su peinado de mariposa, se levantó lentamente de la cama.

—¡Oooh! ¡Todavía me duele la cabeza! Hummm, hola.

Miró a Kazúe. No era muy temprano. De hecho, eran más de las once. Oyeron pasos fuertes en la escalera y alguien que debía de ser la dueña de la casa asomó su cara por la puerta.

—Perdonen —dijo mientras avanzaba por el jergón donde estaba echada la mujer.

Corrió un lado de la persiana, salió al lavadero y empezó a tender su ropa.

¿Despreció Kazúe al hermano de Jōji tras haber presenciado aquella mañana tal espectáculo con sus propios ojos? ¿Le odiaba? Keiichi había sido criado, como Jōji, en el seno del amor. Siendo joven había partido a ver mundo, ignorando las reglas y el debido decoro. Y en ningún momento pensó que lo que estaba haciendo fuese despreciable a los ojos de los demás. Se equivocaba sin ser consciente de ello y la escena de la que Kazúe fue testigo aquella mañana era típica de Keiichi. Pero esto no era todo lo que pasaba por la cabeza de Kazúe. Era simplemente que cuando observaba algo así, de inmediato lo interpretaba como algo instintivamente animal. Kazúe y Jōji permanecieron con Keiichi y su amante en aquel altillo durante unos diez días.

—Ven a visitarnos. Ven a Asakusa.

Al poco tiempo Keiichi y la mujer se mudaron. Keiichi tenía trabajo en un teatro de vodevil en Asakusa, donde la mujer servía té. Pero antes de medio año, Keiichi enfermó de tuberculosis y se fueron a un sanatorio en la isla de Hachioji, donde vivieron hasta que él murió.

Kazúe le visitó una vez, yendo de parte de Jōji. Hace cuarenta y cuatro o cuarenta y cinco años, la isla Hachioji no tenía nada que ver con lo que es hoy en día. Cuando Kazúe la vio por primera vez le dijeron que en tiempos pasados había sido una isla de exiliados. Era una tierra árida y desolada, cubierta por unos hierbajos tan altos y delgados como un hombre. Kazúe fue incapaz de olvidar durante mucho tiempo lo débil que parecía Keiichi al despedirla, de pie, en el rompeolas azotado por el viento. La escena permaneció grabada en su corazón, junto a la que había visto aquella primera mañana en Tokio, como si fueran escenas de una película. Y, sin entender realmente qué era lo que había pasado, se dio cuenta de que le había olvidado.

¿Fue lo que siguió resultado de la influencia de Keiichi? ¿O fue que el deseo que había sentido cuando, siendo joven, observaba a los músicos ambulantes hasta que estos desaparecían por Norimoto aún permanecía en su corazón? Un día Kazúe —la muñeca de los harapos— saldría para practicar el *shamisen*, al día siguiente habría salido a clase de danza.

De los varios trabajos que tuvo Kazúe ninguno de ellos era respetable. Hizo de modelo para un fotógrafo y apareció regularmente en la portada de una revista de chicas. Solo percibía una modesta suma por sus esfuerzos. Sabía que su maquillaje era la llave que abría las puertas a cualquier trabajo. Pero ¿provocó esto el más leve indicio de menosprecio hacia ella misma? Por un lado, Kazúe corría detrás de sus sueños como había corrido tras los músicos. Por otro lado, una vez que se había saciado, absorbiéndolo todo como una gran esponja, empezaba una nueva aventura, quizás a modo de reacción contra la misantropía que su difunto padre le había legado.

Un día, cuando faltaba más o menos un mes para que Jōji se graduase, un amigo pasó a verles por la habitación del segundo piso que tenían alquilada encima de un salón de belleza en Kagomachi, en Koishikawa. Era miembro de la rama de los yoshino de Takamori y, por lo tanto, era primo lejano de Kazúe, aunque ella le llamaba tío. Se había trasladado a Hokkaido y había conseguido un gran éxito poniendo en marcha un periódico.

—Oí hablar de vosotros mientras estaba en casa —empezó—. ¿Por qué no os venís a Hokkaido cuando te gradúes, Jōji? El negocio de los periódicos no es nada aburrido y...

Después de proseguir en un tono parecido, les colocó delante varios montones de dinero y se marchó. ¿Quién le había hablado de Kazúe? Ella no había sabido de él hasta aquel día. No, oyó hablar de él una vez. Cuando repartía las cartas de presentación de Takamori, fue al pueblo de Kawagoe, en la profundidad de las montañas, y estuvo con su familia.

Era un hombre de constitución robusta, a pesar de lo cual le causó una agradable impresión. Nada en él sugería que fuese consciente de manera pretenciosa de sus éxitos en Hokkaido. ¿Habían pensado ya Kazúe y Jōji en lo que harían después de la graduación de Jōji? Quedaron convencidos por aquel hombre, pues por encima de todo les dio la impresión de ser alguien que no pondría trabas a sus sentimientos.

Se decidió que Jōji iría a Hokkaido. El dinero que dejó el hombre satisfaría sus necesidades más inmediatas y quedaría suficiente para poder pagar el transporte. A principios de agosto, Jōji partió. Kazúe le siguió al poco tiempo. Era el primer viaje que Kazúe hacía con un propósito decente.

23

La casa del tío de Kazúe era grande y estaba situada en la zona Sanjó Sur de Sapporo. Al llegar, Kazúe y Jōji vivieron allí, en un ala separada. Jōji iba a diario a la oficina del periódico. Kazúe vivió en Sapporo durante menos de un año, pero durante aquella breve estancia ocurrió un incidente que la asustó. Más tarde lo recordaría con frecuencia.

—Mira estos *tabi*, Kazúe —dijo su tía un día mientras le ofrecía un par de zapatillas blancas—. Los he estado llevando durante trece años.

En las puntas, donde la correa de la sandalia rozaba los dedos de los pies, y por supuesto, por encima de la suela, el *tabi* había sido zurcido con un hilo blanco y delgado. Y, aunque probablemente se habían mojado y ensuciado muchas veces, no había rastro de manchas. Eran preciosos.

Su tía le dijo que habían pasado más de trece años desde que se había casado. ¿Qué simbolizaban entonces aquellos *tabi*? ¿Qué intentaba decirle su tía con aquello? ¿Intentaba decirle que su tío había amasado su riqueza gracias a *tabi* como aquellos? Kazúe recuerda que miraba los *tabi* en las manos de su tía con asombro y admiración.

Dos semanas más tarde, Kazúe y Jōji alquilaron una habitación en una casa al final de una ancha avenida en Ichijō Sur. Allí las parejas jóvenes se lanzaban a una nueva vida. Era una casa vieja y destartalada, con una entrada ancha. Los propietarios, un matrimonio mayor, ocupaban una habitación a la derecha de la entrada. Kazúe y Jōji vivían en la habitación que daba a la calle. Había únicamente un cristal corredero entre las dos habitaciones. Pero Kazúe y Jōji, que todavía no conocían el barrio, valoraban tener a la anciana pareja al otro lado de la puerta de cristal. Constantemente hacían favores a sus jóvenes inquilinos.

—Invierte tu dinero en la lotería local, te lo digo yo. Si tu padre no te da más dinero para gastos, puedes ganarlo por tu cuenta y después meterlo en la lotería —le aconsejó el anciano a Kazúe.

Si sabía coser, añadió, habría mucha gente que la contrataría.

A Kazúe no le llevó mucho tiempo comprender que en Hokkaido aquello era una costumbre. Cincuenta y tres o cincuenta y cuatro años atrás el «espíritu pionero» aún estaba vivo en los corazones de los que allí vivían. Un momento de descanso era considerado un lujo, ya que todos trabajaban duro. Y todos ahorraban el dinero que les proporcionaba su duro trabajo. Kazúe lo comprendió enseguida. Sus motivos eran un poco diferentes, pero quería un trabajo lo más pronto posible. Al principio, cosió kimonos para la pareja de ancianos y ganó un poco de dinero. Había estudiado costura en el instituto para chicas, doce horas a la semana. Gracias a los buenos oficios de la anciana pareja, la contrataron para coser los vestidos de las mujeres que trabajaban en posadas y restaurantes del pueblo. «¡Hola, hermana costurera!», le gritaba la gente, obligándola a detenerse.

Ganaba poco dinero cosiendo. Pero con él podía abonarse a la lotería comunitaria, tal y como le había recomendado el anciano. También invirtió una parte del salario de Jōji. Había sorteos cada mes. Cada miembro contribuía y lo hacía apostando mucho. Al cabo de dos o tres meses Kazúe ganó una suma considerable. Otro miembro de la lotería, que trabajaba en una inmobiliaria, ayudó a Kazúe a invertir su dinero en una casa.

La casa estaba al final de Ichijō Este. La entrada medía dos esteras. El salón, con una hornacina decorativa, medía diez esteras. Adyacente al salón, había una sala de estar con una chimenea. Además había una cocina espaciosa con un horno enorme y un despacho de cuatro esteras y media. Incluso había, en la parte trasera, un cobertizo para almacenar carbón y leña. Pero a aquella casa le faltaba un suelo de tatami y las puertas deslizantes de papel estaban desgarradas. Cuando Kazúe vio la casa, a pesar de lo desvencijada que la encontró, no pensó que fuese inhabitable. Más bien pensó en lo divertido que sería arreglarla y hacerla habitable. Como era costumbre en ella, cuando se le había metido en la cabeza hacer algo, no dejaba que Jōji metiese baza en el asunto. Decidió que primero pondría el tatami en la sala de estar de la chimenea. Consideró que, al tener la chimenea, podrían vivir en aquella habitación momentáneamente. Como la cocina estaba al lado, sería muy cómodo.

Un domingo de aquel otoño cargaron sus pertenencias en un carro y lo arrastraron hasta la nueva casa. Hubiese bastado con mirar un momento a Kazúe para convencerse de que era una mujer perfectamente adaptada a la vida frenética de Hokkaido. Exceptuando una cosa. Y ¿cuál era? Bien, esta se aclararía pronto.

El otoño llegó pronto a Hokkaido. Cuando Kazúe fue a plantar puerros en el campo que había detrás de su casa, vio un cerezo tan alto que las ramas casi cubrían el techo, con hojas de un rojo brillante. Era una prueba de que su casa tenía vida.

Una mañana, la mujer que vivía en la casa del extremo de la calle acompañó a Kazúe a comprar combustible para el largo invierno que les esperaba. Aún no había amanecido.

—Avenida Ichijō abajo —le dijo a Kazúe—, se encuentra la plaza del pueblo donde hay mercado. Sé cómo conseguir buen carbón vegetal, así que quédate conmigo. No permitiré que te endosen material malo.

Una de ellas tiró del carro hacia una calle oscura, mientras la otra empujaba. Cuando regresaron, el carro estaba tan lleno de leña y carbón que tenían que ponerse de puntillas para ver la parte superior. Cuando llegaron al punto desde donde podían ver, por fin, el techo de la casa de Kazúe, amanecía un sol rojo. Aún hoy, cincuenta y cinco años después, Kazúe recuerda el color del sol aquella mañana. Quizás vivía en una casa sin tatami, pero su cobertizo estaba atestado de combustible. ¿Qué sintió al saber que estaba completamente preparada para el invierno? Era algo que nunca antes había experimentado, y no sabía cómo sentirse.

El invierno ya estaba encima. ¿Qué hacía Kazúe durante aquellas tardes en que la nieve bloqueaba la casa? Algunas veces el trabajo de Jōji lo retenía en el periódico hasta avanzada la noche. Ahora había alfombras de tatami en todas las habitaciones. También tenían la chimenea. Y nunca tuvo problemas para la contribución mensual a la lotería comunitaria. No tenía problemas en absoluto. Pero, de hecho, Kazúe se sentía más cómoda teniendo problemas. Cada noche, sentada, aislada por la nieve, escuchando las campanas de los trineos de caballos que pasaban por la calle, pensaba: «¡Debería escribir algo! Esto es lo que tengo que hacer».

La idea de escribir era, evidentemente, influencia de Jōji. Mientras estuvieron en Tokio, él había escrito un par de cosas para un periódico y le habían pagado. Kazúe haría lo mismo. Pero ¿qué había hecho hasta entonces? Había comprado una casa con el dinero que cobró de una inversión comunitaria a largo plazo; había llenado el cobertizo de combustible para el invierno y ahora parecía decidida a vivir de aquella manera durante veinte o quizás treinta años. Así fue, hasta que ocurrió algo inesperado.

24

Como he dicho, los esfuerzos de Kazúe por escribir se hallaban influidos por Jōji. Entonces, ¿creyó que escribir era tan solo imitar a alguien? Si Kazúe se proponía escribir era pura y simplemente por dinero. No pensó demasiado en su talento. Y si lo que escribiera no aportaba dinero, no se atrevería a llamarlo trabajo. Y Kazúe tenía la intención de trabajar. Siguió esta filosofía hasta cumplida una cierta edad. A fin de cuentas, ¿qué otra razón había para escribir? Para Kazúe, en aquel momento, ninguna: escribir tenía como único objetivo ganar dinero.

La vanidad de la joven Kazúe no era en vano, ya que, aquel mismo invierno, una de las historias que había presentado al concurso de un periódico fue galardonada con el primer premio. El trabajo era corto, tan solo seis o siete páginas, pero el dinero del premio era increíblemente generoso. Kazúe se sintió feliz, en parte por su buena suerte y en parte por lo apropiado de la recompensa. La buena suerte que trajo aquel trabajo pronto se convertiría en la fuente de acontecimientos sorprendentes. Pero nadie hubiera podido ser consciente de ello por aquel entonces. Kazúe dedicaba noche y día a su nuevo trabajo. Escribir, pensaba, no era comparable a nada de lo que había hecho antes, en cuanto a beneficios.

Cada vez que Kazúe empezaba algo tenía la costumbre de entregarse en cuerpo y alma, sin ni tan siquiera vacilar en otra dirección. En la cocina, los platos que tenía que haber lavado se congelaron en el fregadero. Ni se acordaba de lavarlos. No había pretendido dejarlos allí mucho tiempo, pero se congelaron porque hacía frío, y al parecer no sería capaz de moverlos hasta que la primavera los deshelase. Mientras tanto, el montón de hielo crecía y crecía cada vez que apilaba más y más platos, y el agua que goteaba por ellos también se heló. Este fue el primer encuentro de Kazúe con el frío del norte, pero así y todo no tuvo tiempo de dejar que le afectase.

Y, un día, acabó su trabajo. ¿Dónde debía enviar su manuscrito? Kazúe lo había decidido incluso antes de empezar a escribir. Lo enviaría a una revista de Hongo, Tokio. El director la conocía; de eso estaba segura. Cuando vivió en el barrio Kagomachi de Koishikawa trabajó en Hongo, en un restaurante de estilo occidental que estaba justo enfrente de la oficina de la revista. El editor iba al restaurante a la hora de comer y, antes de volver rápidamente a su oficina, siempre dejaba una moneda de plata de cincuenta sens en su bandeja. ¿A cuánto equivaldrían ahora, cincuenta años después, cincuenta sens? Kazúe sabía que el hombre no dejaba la propina para mostrar que tenía un especial interés en ella. Dejar cincuenta sens se había convertido en un hábito para él. Al recordar todo esto, Kazúe decidió enviarle su manuscrito.

Pasaron tres meses y no hubo respuesta. Cuando trabajó de costurera, siempre le dijeron de inmediato que sus bordados eran bonitos. Kazúe no podía concebir que su manuscrito no hubiese llegado a la oficina. ¿Había habido algún error? No era la arrogancia lo que hacía pensar así a Kazúe. Simplemente no podía pensar que, por culpa de algún error, su trabajo había frustrado sus esperanzas. Un día, a principios de abril, partió hacia Tokio. Si había habido algún error, quería llegar hasta el fondo.

La primavera tardó en llegar a Hokkaido. Un montón de nieve se había derretido a los pies del cerezo, y cuando Kazúe vio las dos o tres violetas bellas y pequeñas que habían florecido allí, no podía saber que aquella sería la última vez que viese aquella tierra.

—¡En cuanto llegue allí, volveré! En un par de días —susurró Kazúe una y otra vez en el oído de Jōji cuando se despidieron.

El tren empezó a arrancar y los ojos de Kazúe se llenaron de lágrimas de tal forma que no podía ver a Jōji en el andén. ¿Tan doloroso era estar separada de él durante dos días? No, no era esa la razón. Más tarde, cuando Kazúe recordase la escena, intentaría adivinar el motivo de aquellas lágrimas.

Fue a la redacción de la revista en cuanto llegó a Tokio. Estaba enfrente del restaurante de estilo occidental donde una vez había trabajado y subió las escaleras sin dudar, como si no fuese la primera vez que atravesaba aquella puerta. El director estaba.

—¿Por casualidad ha leído usted lo que le envié, señor?

—Aquí está —dijo él, cogiendo la revista que estaba detrás de él y casi lanzándosela a través de la mesa. Su voz era brusca, casi de enfado—. ¿Quieres cobrar el manuscrito ahora? —gruñó, e hizo que el contable le trajese la suma.

Cuando Kazúe vio el grueso fajo de billetes, empezó a temblar. «Este es el pago por mi trabajo... ¿seguro que no hay ningún error?», pensó y desapareció de la oficina sin ni tan siquiera pronunciar una palabra de agradecimiento.

¿Qué pensaba cuando llegó a la calle con su fajo de dinero? Aquella era la carretera por la que había viajado innumerables veces durante los tres años que había vivido en Tokio. Pero ahora, al volver a recorrerla, nada veía, nada pensaba. Se sentía completamente cautivada por todos aquellos billetes y no podía parar de temblar. En su mente visualizó su viejo hogar. Habían pasado cinco años desde que se fue. Estuviese donde estuviese, su madre siempre le enviaba paquetes desde casa: algas marinas, brotes de bambú, *trepang* seco, rábanos, ciruelas en conserva, limones de verano amargos y todo tipo de regalos. Kazúe aceptaba los paquetes, estuviese donde estuviese. Nunca envió nada a cambio. Pero ahora tenía dinero. Y de repente una idea, un deseo desesperado, brotó en su interior. Más adelante, cada vez que Kazúe lo recordaba, se veía asediada por un remordimiento punzante. Su corazón se había dirigido hacia su vieja casa y no hacia Hokkaido, de donde se había ido con la promesa de volver en un plazo de dos días. Envió telegramas a Hokkaido y a su pueblo natal, y luego tomó el tren nocturno hacia su tierra.

25

—¡Hermanita! ¡Eh, hermanita!

En cuanto el tren llegó a la estación, tres de los hermanos de Kazúe y su hermanita gritaron a su alrededor. Satoru estaba estudiando en la Escuela Media de Nagoya. Habían pasado cinco años. No había nadie más en la estación que recordara a Kazúe. En anteriores ocasiones, cada vez que se iba de casa, huía de algo y partía en barco desde el muelle nuevo, en la oscuridad, antes del amanecer. Se parecía poco a la Kazúe de aquel entonces. En su bolso tenía un montón de dinero.

La mayoría de las familias de aquel pueblo desamparado tenían un pariente que trabajaba en Hawái.

—¡Fulanito de tal ha vuelto de Hawái!

La noticia se extendía y se organizaba una gran fiesta. Kazúe parecía uno de los recién llegados de Hawái; la única diferencia era que nadie en el pueblo sabía de su regreso. ¿Quería Kazúe que la vieran? ¿Era aquella la razón por la cual volvió a su pueblo natal en lugar de ir directamente a Hokkaido?

—Yoshio, Tomoko, Nao, Hideo...

Kazúe llamó a sus hermanitos uno por uno

—Volveremos todos a Kawanishi en *rickshaws*.

Y se dirigió a la plaza de delante de la estación, donde los *rickshaws*, con las varas bajadas, aguardaban a que los alquilasen. Alquiló cinco.

¿Por qué lo hizo? Kazúe no estaba muy segura. Sus hermanos corrían excitados para conseguir ser los primeros en subir. El más joven, Hideo, trepó el primero. Colocó sus sandalias con cuidado en la vara, se sentó con las piernas dobladas y colocó las manos en sus pequeñas rodillas. Nunca había ido en un *rickshaw*, así que no cabía esperar que conociese la manera correcta de sentarse.

—Hideo, querido, no te sientes con las piernas cruzadas —le instruyó Kazúe.

El chico se esforzó en ponerse de pie para ver a sus hermanos antes de volver a sentarse.

Los cinco *rickshaws*, incluyendo el de Kazúe, corrían a través del pueblo. Kazúe imaginaba que ella y sus hermanos parecían actores itinerantes dando vueltas por el pueblo, ondeando las banderas que anunciaban sus próximas actuaciones en el Nishikiza. Allí estaba Kazúe, sintiéndose sin lugar a dudas como una actriz. Difícilmente podía entender lo que sentía. Cuando llegó a casa, llamó a su madre.

—¡Okaka! ¡Ven y mira! ¡Es todo mío!

Sacó el dinero para que su madre lo viese. Separó una parte y se la dio a su madre, cerrándole la mano.

—¡Oh, Kazúe! ¿Tanto? ¿Estás segura de que puedes darme tanto?

Los ojos de su madre se llenaron de lágrimas y fue incapaz de levantar la cabeza. Estaban en la oscura habitación trasera donde nunca llegaba el sol. Cuando Kazúe miró la mano de su madre agarrando los billetes, se dio cuenta de lo dura y huesuda que aquella se había vuelto. Era difícil de creer que fuese la mano de una mujer. Kazúe sabía que el motivo de su acción tenía menos que ver con la devoción filial que con algún impulso fuerte e innato. Había querido enseñarle a su madre el dinero y compartirlo con ella. Era la única razón por la cual había regresado. ¿Por qué quería compartirlo con su madre? ¿Por qué necesitaba enseñárselo? Era algo que Kazúe no podía explicar con palabras.

—¿No irás a casa de los Kajimura? —preguntó su madre al poco rato.

Kajimura era el nombre de la familia de su tía. Cinco años antes, al retirarse su tío del tribunal cerraron la casa de Teppō Koji y se instalaron con la rama principal de la familia Kajimura, en el pueblo de Fujiu.

—No. No iré a visitarles —contestó Kazúe.

La casa del pueblo de Fujiu, donde vivían los Kajimura, estaba a quince millas. No era que estuviese demasiado lejos. Simplemente, Kazúe no deseaba ver a su tía. No le quería enseñar el dinero que había ganado. ¿Era poco noble darle dinero a su madre y no dárselo a su suegra? Kazúe sabía que sí, pero no le importaba.

Kazúe no pensaba en Jōji, que lo más seguro era que esperara su llegada de un momento a otro. Pero ¿se debía aquello simplemente a los centenares de millas que separaban su pueblo natal de Hokkaido? ¿Era porque la nieve todavía no había desaparecido de Hokkaido, mientras que en su tierra ya florecían los cerezos? La visión de aquellas flores no sorprendía a Kazúe. En realidad, se convenció de que era lo que había visto siempre. Es más, no podía creer que hubiera vivido alguna vez en Hokkaido.

«¡Chi! ¡Chi! ¡Chi!», piaban los canarios. Después de la muerte del padre, la familia crio pájaros para ganar dinero. También estaban los brotes de bambú en la avenida de detrás de la casa, que la gente acudía diariamente a admirar. Kazúe dormía hasta bien entrada la mañana en la misma habitación en que su padre había dormido y, escuchando la actividad que se desarrollaba a su alrededor, quedaba maravillada por el hecho de que aquella vieja casa fuese todavía capaz de ejercer sobre ella una fuerza tan poderosa como para desgarrar su corazón en dos. ¿Qué fuerza era? ¿Ocurría aquello porque se encontraba en la casa donde había nacido? ¿Era porque la vida que había vivido en aquella casa había sido tan oscura y llena de tristeza? No, no era esto. No, por encima de todo le chocaba saber que nunca podría reemplazar aquello con nada.

Por la tarde, Kazúe y sus hermanos fueron a Kawashimo a visitar a su abuela. Las flores de cerezo envolvían la ciudad. La carretera por la que Kazúe había andado seis años atrás no había cambiado. Si cogían el camino todo recto, llegarían a la escuela. Incluso sus dos años de profesora le parecían ahora lejanos. Mientras caminaban, sus hermanos la rodeaban gritando y se alejaban corriendo para luego volver. De repente, Tomoko dijo:

—Hermanita, el señor Shinoda fue aceptado en la familia Matsumoto. Es el marido de la hija y el heredero. Mira, ahí está.

Señaló el jardín de la finca de los Matsumoto.

Hasta Kawashimo tenía sus familias pudientes. Los Matsumoto eran fabricantes de ropa. Kazúe se giró para mirar. Había un hombre en un extremo de la terraza, sosteniendo un bebé y dejándole con el trasero al aire para que hiciese pipí. El hombre era, sin lugar a dudas, Shinoda. Pero al verlo el corazón de Kazúe sintió lo mismo que ante un extraño. Y no era solo porque hubieran transcurrido cinco años. Kazúe no guardaba ningún recuerdo de la pasión que había embargado su corazón. A pesar de todo, aunque ni ella se dio cuenta, un calor la invadió mientras le miraba fijamente, y dijo en voz alta:

—Escuchad. Hacemos una carrera hasta la casa de la abuelita. Entraremos todos de golpe, ¿vale?

26

Dos días después Kazúe abandonó su pueblo natal. Cogió el tren de la noche y, cuando a la mañana siguiente se bajó para cambiar de tren en Tokio, se dio cuenta de que tenía un poco de tiempo libre.

«¿Tiempo libre?» Cada vez que Kazúe reflexiona acerca de lo que ocurrió, se pregunta cómo pudo pasar aquello. Al tener «tiempo libre», decidió que iría de nuevo a la redacción de la revista en Hongo para expresar su gratitud y hablar del siguiente proyecto. El director estaba. Tenía visitas. Kazúe sabía que uno de ellos, Murota, era crítico. El otro era un hombre joven vestido a la occidental.

—¡Qué coincidencia tan afortunada! Señorita Yoshino, le presento a Nozaki Shichirō. Ya sabe, fue uno de los ganadores en el concurso de cuentos en el que usted participó —exclamó Murota con una sonrisa sardónica en los labios.

Así que aquel era Nozaki Shichirō. El Nozaki Shichirō que había ganado el segundo premio en el concurso en el que ella había quedado primera. No se sentía especialmente orgullosa por haber superado a un hombre. Y no le atraía su traje marrón oscuro la mar de elegante, ni el desenfado con que llevaba aflojada la corbata. Cuando se giró hacia él, se encontró con una mirada y una sonrisa difíciles de describir.

—S-s-soy No-no-nozaki y quedé segundo.

Su tartamudeo, casi cómico, hizo que Kazúe cayera presa de una pasión increíble. No, no es que fuese seducida por su tartamudeo, se trataba de algo más. Le cautivó la idea de que, de repente, una presa se había roto en algún lugar, y una ola de sentimiento inundaba la vida fría que, casi inconscientemente, había llevado hasta entonces.

¿A qué podría yo comparar sus sentimientos? Se hallaban indefensos. No se resistían a nada. Pero ¿se puede creer que ella olvidase su casa en Hokkaido, donde los platos seguían congelados en una montaña de hielo y donde todavía tenía compromisos con la lotería comunitaria?

—Bueno, ¡vayamos a tu hotel y brindemos por este encuentro fortuito!

Animados por las palabras de Murota, los tres salieron de la oficina. Una vez más, Kazúe no podía creer lo que estaba ocurriendo. El hotel de Nozaki estaba en la colina, en la carretera hacia Kobanchó, la misma que pasaba por delante de la redacción de la revista. Y más que un hotel parecía una posada. Nozaki estaba hospedado en una habitación que había alquilado en el edificio anexo.

Trajeron sake. Antes de que Kazúe se hubiese dado cuenta, ya había oscurecido. De vez en cuando Murota decía algo, con un destello sardónico en los ojos, y Nozaki, sentado al lado, dejaba la copa, cerraba los ojos y cantaba. En realidad no cantaba canciones: recitaba algo que a Kazúe le parecían poemas chinos. No obstante, todo lo que cantaba le parecía maravilloso. El sonido quejumbroso de su voz, alzada como una protesta contra algún mal, despertó en Kazúe la misma sensación de desgarro interior, el mismo sentimiento de anhelo que había sentido de niña cuando observaba a los músicos ambulantes que desaparecían en el bosque de Norimoto. Era difícil distinguir si aquella emoción era lujuria o amor. Era una entrega sin condiciones. Pero no, no corría tanta prisa.

—Bueno, me parece que ya he tenido suficiente, así que me voy a largar.

Kazúe se dio cuenta de que también tenía que ponerse en pie e irse con Murota. Pero no pudo. Más tarde, Kazúe pensó que era extraño que al quedarse sola con Nozaki no hubiesen cruzado demasiadas palabras. La hora de coger el tren de vuelta a Hokkaido había pasado hacía mucho rato. Cuando se hizo de noche, Nozaki preparó otra habitación para Kazúe, pero esto no atenuó la pasión que los consumía.

Aquella primera noche juntos, Kazúe quizás hubiese tenido que informar a Nozaki acerca de quien la estaba esperando en Hokkaido. Pero no lo mencionó.

27

Cuando Jōji finalmente comprendió que Kazúe no volvería a Hokkaido, llamó a su casa. No estaba acostumbrado a manifestar sus emociones y Kazúe no podía imaginar cómo se expresaba en aquellos momentos. Al cabo de casi medio año, Kazúe recibió una carta de su casa. Su madre le hacía saber que había oído lo ocurrido, pero no la reprendía ya que entendía los actos de su hija con tanta claridad como si los conociese perfectamente uno a uno. Recordaba que ella se había quedado mirando mientras su marido hacía lo que hizo. Pero no era que Kazúe estuviera haciendo lo mismo que había hecho su padre. Después de todo, no fue una racha de provocaciones lo que ellas habían aguantado juntas, sino más bien de irreflexiones, tan feroces que se hacían incomprensibles para los demás. Aunque pueda parecer extraño, esto despertó un sentimiento de compasión en su madre.

Poco después de su encuentro con Nozaki, se trasladaron a una barraca en la carretera en la costa de Ōmori y más tarde a una casa en los bosques de Sannō, y una vez más a una pensión en Usudazaka. De hecho, se mudaron una y otra vez, hasta que alguien les ayudó a construir una barraca de una habitación en medio del campo. Allí se instalaron. En realidad, solo era un cobertizo para almacenar, comprado muy barato a un granjero cercano. Trasladaron el cobertizo en medio del campo en Magome, pusieron ventanas, cubrieron el suelo de una habitación con tatami y dejaron la otra sin cubrir. De casa tan solo tenía el nombre. La habitación del tatami era lo suficientemente ancha como para poder trabajar y dormir. Cocinaban bajo los aleros, al exterior. Kazúe llegó pronto a la conclusión de que aquella casa de muñecas era solamente el lugar donde esconder su urgente e imposible pasión.

Y ¿a qué se debe que cada vez que Kazúe empieza una nueva vida tiene que construir una nueva casa? ¿Es porque cada vez que se embarca en una nueva aventura siente tal inseguridad que necesita una casa donde esconder su temor? Ni siquiera hoy está segura.

Su casa estaba en medio de un gran campo de rábanos, al pie de una cuesta. Justo a su lado había un caminito que conducía a la carretera principal hacia Magome. Cuando oscurecía, se podía ver la luz procedente de su barraca, desde muy, muy lejos, resplandecer a través de las cortinas de tela azul. Kazúe no tenía amigos, pero Nozaki conocía a mucha gente. Más tarde Kazúe se dio cuenta de que bastantes de aquellos amigos eran miembros del movimiento socialista, que por aquel entonces estaba de moda. Incluso una vez un hombre que huía de Shanghái con una mujer se hospedó en su barraca. ¿No tenía Kazúe interés en tales asuntos? No. No le importaba quién les visitase. Iba a comprar sake para los invitados y se sentaba en el banco bajo los aleros cortando rábanos.

Una tarde llegó un hombre por la colina a visitarles. Kazúe estaba tendiendo la ropa para que se secase. Se paró.

—¿Eres tú, Kazúe?

—¿Padre...?

Allí, enfrente de ella, estaba el padre de Jōji, el señor Kajimura, ataviado con un traje raído de estilo occidental.

—Me preguntaba cómo te iban las cosas —dijo, y miró la vivienda—. Estuve en casa un tiempo, pero ahora voy a volver a Hokkaido.

Una sonrisa se dibujó en sus labios arrugados y rápidamente bajó la mirada. No estaba allí porque Jōji se lo hubiese pedido. Cuando Kazúe se dio cuenta de que había venido por su propia voluntad, la imagen de Jōji sentado en su casa con sus padres apareció de repente ante ella y rápidamente se esfumó.

—Bueno, entonces, hasta la próxima —dijo el hombre dando media vuelta para marcharse.

Kazúe le miró subir por la colina, su espalda ligeramente arqueada. Kazúe no conservaría aquella imagen durante mucho tiempo.

28

Todos, en algún momento, hemos estado tan concentrados en lo que hacemos que no tenemos ni idea de lo que va a ocurrir o del peso de nuestros actos. Lo mismo le ocurría a Kazúe. Cuando vivía en Magome con Nozaki, su corazón estaba tan entregado a todo lo que hacían que nunca pensó en el significado de sus actos. Así estaban las cosas aquel caluroso día a finales de verano, cuando el señor Kajimura la visitó y se fue sin decir prácticamente nada. Ni siquiera mirando su silueta alejarse por la colina pensó en el verdadero sentido de su visita. Llevaba un traje de lino muy viejo. El sol de la tarde caía sobre él mientras caminaba con dificultad colina arriba, brillando con fuerza en los trozos de calva que se percibían entre sus lacios mechones de cabello. Seguro que Kazúe se dio cuenta. Pero pasarían años antes de que recompusiese la escena, recordando vivamente la imagen de su figura alejándose.

—Shichirō... ¿este kimono?

—¿Eh? Bien, hace frío y pensé que me lo podía poner.

Una mañana, mientras Kazúe se preparaba para ir al mercado, vio a Nozaki llevando un kimono que no había visto nunca antes. Como habían estado conviviendo tanto tiempo en aquella pequeña habitación, le sorprendió no haberse dado cuenta antes de su existencia. Estaba sentado en el antepecho de la ventana. No era realmente un kimono sino ropa de cama forrada y de distintas clases. Podía adivinar que estaba hecho de tiras de crespones de lana de calidad conocidas como *tozan*. Llevaba la ropa bastante abierta por el cuello, como de costumbre, dando la impresión de que acababa de echársela por los hombros. Parecía un libertino. De vez en cuando, Nozaki aparecía con un kimono o con ropas que Kazúe no había visto antes y sabía que eran cosas que había tenido empeñadas. Pero era la primera vez que le veía con aquel tipo de ropa. No podía dejar de mirarle.

—Me has dado un buen susto. Al principio, no te he reconocido.

Kazúe no dijo nada más. Si él le hubiese dejado, habría seguido hablando; pero ¿cómo podría haber expresado lo que quería decir? ¿Habría sido capaz de decirle que estaba tan enamorada de él que sentía que hasta su propia alma le pertenecía? Lejos de disgustarse por la visión de aquel hombre en *déshabillé*, Kazúe se sintió reconfortada al saber que había entregado tan por completo su corazón. Sería difícil calificar aquel fenómeno de amor o de lujuria, pero a buen seguro era algo parecido al libertinaje, algo de lo que Kazúe no era en absoluto consciente.

Kazúe estaba tan cautivada por aquel hombre que nunca se cansaba de observar hasta el más insignificante de sus movimientos. Hiciese lo que hiciese, el acto más banal le parecía maravillosamente especial. Toda la vida de Kazúe estaba consagrada a intentar gustarle y mimarle. Pero, pese a todo, no había nada de desinteresado o sumiso en su comportamiento. Quizás lo hacía porque esto le proporcionaba alegría. Además, su comportamiento se regía más por instinto animal que por una reacción humana.

Kazúe sabía lo que le gustaba a Nozaki. Su ropa a tiras de finos crespones de lana no iba con un activista social. Aunque, a veces, parecía que le agradase gandulear vestido con aquellos atuendos. Y quizás, cuando lo hacía, reflejaba los gustos de las mujeres que servían en los antros que frecuentaba. Kazúe se ponía un kimono de crespones con cuello negro. Llevaba el cabello recogido en un moño anudado con un lazo en lo alto de su cabeza. Cuando hoy piensa en cómo se vestía, se maravilla.

Como ya dije antes, Nozaki tenía muchos amigos. Hombres a los que había conocido una vez se veían inmediatamente incluidos en su círculo de íntimos. Y todos aquellos amigos suyos compartían el mismo sentimiento hacia Nozaki que Kazúe. Era casi imposible entender cómo llegaron a sentir algo tan fuerte por él: un sentimiento más allá de la simple amistad. ¿Era atribuible a algún encanto especial que Nozaki ejercía sobre los demás? No. No era eso, Kazúe llegó a la conclusión de que no era así cuando volvió a pensar en aquello mucho más tarde. Pero ¿qué tenía Nozaki para que los demás se prendasen de sus cualidades, e incluso de sus debilidades?

Aquel otoño se construyó otra casa en el terreno contiguo al de Kazúe. Un joven empresario se trasladó allí con su mujer y, entonces, un día, al poco tiempo de llegar, la mujer olvidó apagar la plancha y provocó un incendio. Al estar en medio del campo, el fuego no llegó a la casa de Kazúe. Un poco más tarde, Kazúe alquiló la tierra quemada, y ella y Nozaki construyeron con sus propias manos una segunda ala, que acabaron a finales de año. El ala consistía en una gran habitación. ¿De dónde sacaron el dinero para semejante empresa? La mayoría lo ganaron escribiendo. Por la noche, en lo alto de la colina, podía verse desde muy lejos luz en la casa. Y, como resultado, tenían más visitantes de los que habían tenido viviendo a los pies de la colina. Sus invitados se quedaban hasta tarde sumidos en la conversación. Normalmente acababan emborrachándose. Nozaki les hacía observaciones mordaces con su usual tartamudeo.

—Te-te-te-te equivocas. Si crees que es una venganza, es por tu manera retorcida de pensar.

No importaba lo cortantes que fuesen sus palabras, nunca había maldad en cómo las decía. Una de las características de Nozaki era que nunca hizo daño con palabras a la gente. Más tarde, Kazúe pensaría qué efecto le causó a Nozaki ser tan querido. Recuerda una escena en particular. Fue justo después del gran terremoto. El gran terremoto de Kantó en 1923. Se había extendido el rumor de que los coreanos planeaban atacar, y el guardia del barrio aconsejó a todo el mundo que huyera.

—¿Don-don-dond-dónde dicen que debemos ir? ¿De-de-de-de dónde vienen los ataques?

—No lo sé.

Kazúe y Nozaki se detuvieron en medio del campo.

—No vayamos a ningún sitio. Quedémonos quietos. Nos podemos esconder en el tejado. Por favor.

Volvieron a la barraca de abajo y, escalando la columna de la habitación sin tatamis, se deslizaron en el estrecho espacio bajo el pesado techo. No hicieron ningún ruido. La luz del sol se filtraba entre las vigas oscuras. Kazúe y Nozaki aguantaron la respiración. Probablemente el resto del vecindario se había ido. Era una calurosa tarde de verano. Nozaki empezó a retorcerse.

—Me pregunto si podría hacer pipí.

Obviamente estaban ofuscados. Kazúe advirtió a Nozaki que el arco de orina cayendo al suelo les delataría, y entonces ofreció una solución.

—Hazlo aquí. Aquí dentro.

Le tendió la manga de su kimono de algodón. Pero el líquido fluyó por la manga como un torrente. Así y todo, lo hicieron lo mejor que habían podido, dada la situación.

—¡Ja! ¡Ja! ¡Ja! —Nozaki rompió en carcajadas—. ¿Crees que estaría bien mear ahora por la ventana?

Kazúe ve aún la ingenuidad que reflejaban los ojos de Nozaki mientras reía. Así era él. No intentaba dominar a los demás, pero conseguía robarles el corazón para siempre.

29

Un año Kazúe y Nozaki pasaron el verano en las montañas de la tierra natal de Kazúe. Se hospedaron en una casa a medio camino de Matsuyama, pequeña montaña desde donde se divisaba el puerto nuevo, y allí intentaron avanzar en sus trabajos. Era una casita de montaña construida con gusto. La abuela de Kazúe, que vivía en Kawashimo, se encargó de los trámites. El viaje en tren había durado un día y una noche. Cuando Kazúe llegó a la casita y corrió los biombos de *shōji* de la galería que daba al mar, vio desplegarse ante ella un paisaje de islas flotando en el mar interior, justo por encima de las copas de los pinos. A Kazúe le costaba creer que aquel fuese el mismo puerto del que había zarpado —no una vez, sino dos— amparada por la oscuridad. Echada en la cama, en estado de duermevela, Kazúe podía oír las sirenas de los barcos que salían al anochecer. ¿O solo estaba soñando? No quedaba nada del pasado. ¿Cómo podía la misma escena parecerle tan bonita ahora? ¿Tan vibrante?

Cada mañana, durante los aproximadamente veinte días que estuvo allí, nada más levantarse, Kazúe cogía una cesta y salía a recoger arbustos y ramas. Colgaba un cazo para hervir agua en el hogar tallado en la roca y preparaba arroz con el fuego que había encendido con las ramitas. Sacaba agua de la fuente del valle. De vez en cuando, su madre y sus hermanos venían de Kawanishi. Y, como solía ocurrir con Nozaki, después de intercambiar poco más que un par de palabras con él, ya eran amigos.

—El señor Nozaki es un buen hombre —le decían a Kazúe.

Si la fortuna pudiera adoptar una forma visible, seguro que aparecería como aquella vida en las montañas. O, al menos, así lo creía Kazúe. No podía creer que la vida que compartían era la vida en matrimonio que tanto había evitado. ¿Dónde estaba el miedo a su máscara? Kazúe no logra entender cómo pudo, en determinado momento de su vida, dar tanta importancia a esas ideas.

Ocurrió un día antes de que se fueran de la casita de la montaña. Kazúe estaba intentando tirar todos los papeles inútiles: viejos manuscritos, cartas que habían empezado pero en las que se habían equivocado y tuvieron que volver a copiar, y cosas por el estilo. Llevó el papel a una hondonada en el valle, lo amontonó y lo encendió con una cerilla. Pese a no haber nada de viento, las llamas ascendieron lo mismo. Más tarde comprendió que, al pensar que prendiendo un fuego en la hondonada, lugar situado en medio del valle, sería capaz de controlarlo, se había equivocado. Al contrario, al haberlo encendido en el punto más bajo de la hondonada, el fuego se convirtió en una rugiente hoguera. En pocos minutos, alcanzó las ramas de los pinos más cercanos y estas empezaron a estallar y crepitar produciendo un ruido espantoso. Pronto, toda la ladera de la montaña estuvo en llamas.

—¡Shichirō! ¡Ven rápido!

—¿Qué? ¿Qué estás haciendo?

Pero cuando Nozaki llegó, la brisa había avivado las llamas y el fuego se estaba propagando en todas direcciones.

—¡Socorro! ¡Que alguien me ayude!

Hoy, cada vez que recuerda el pánico que sintió, un escalofrío le recorre la espalda. Y aún puede ver el fuego en sus sueños.

Los granjeros vinieron corriendo por la carretera nacional que serpenteaba como una franja blanca al pie de la falda del Matsuyama. Trajeron rastrillos hechos de bambú. Nozaki acarreaba agua de la fuente del valle en un cubo, moviéndose con la lentitud de una muñeca mecánica. El fuego se extinguió en menos de treinta minutos. Ellos dos se sentaron y permanecieron en silencio al borde del vacío.

—Estamos acostumbrados a apagar fuegos. También tuvimos incendios en el bosque esta primavera —les dijeron los granjeros para reconfortarles.

Empezaron a bajar por la montaña poco antes de que anocheciese. Bajo la tenue luz, podía verse una amplia porción de la ladera quemada. Cerca, una cigarra empezó a cantar de forma estridente.

El recuerdo que tiene Kazúe de aquella montaña es siempre el de Nozaki llevando su cubo. No fue él quien apagó el fuego. Pero la escena que Kazúe revive con mayor viveza en su memoria es la de él vestido con un kimono blanco, sacando lentamente agua de la fuente del valle.

Aquel invierno, el hermano mayor de Nozaki construyó una casa en el terreno adyacente al suyo y se convirtieron en vecinos. El hermano de Nozaki y su mujer tenían tres hijos y un perro pequeño llamado Fritz. La madre de Nozaki también vivía con el hermano de Nozaki, pero más tarde, después de que le construyeran una habitación en la casita con el techo de paja, se trasladó a vivir con Kazúe y Nozaki. Y entonces la hermana pequeña de Kazúe, Tomoko, se fue a Tokio después de graduarse en el instituto para chicas y compartió la habitación con la madre de Nozaki.

De golpe y porrazo su familia había crecido. Mañana y noche, Fritz ladraba cada vez que oía pasos bajando por la colina hacia la casa. Sus casas estaban rodeadas por una gran valla, así que a la gente sus hogares debían parecerles una pequeña aldea. Y allí estaba Fritz a fin de preservar para siempre la armonía de su pequeña aldea.

Parecía que los días de vagabundeo de Kazúe se habían acabado. Por la mañana, cuando se levantaba y abría la ventana, encontraba a los hijos de su cuñado en el jardín. Por la tarde veía a Tomoko llevando de la mano a la madre de Nozaki mientras subían por la colina para ir a comprar.

Fue por aquel entonces cuando Kazúe y Nozaki empezaron a ir a Yugashima, en la península de Itó, a escribir. En aquellos días Yugashima seguía siendo una localidad balnearia con no más de dos o tres pequeñas posadas cobijadas en los campos entre los dos ríos. Mucho, mucho más tarde, Kazúe recordaría la liberación que sintió cuando, habiendo tomado un baño tras su llegada, colgó su toalla en la barandilla del segundo piso de la posada. ¿Era también la seguridad de saber que tenía su casa en Tokio? Kazúe se sintió realizada. ¿Qué más quería? Kazúe creía con todo su corazón que su felicidad nunca se rompería. ¿Por qué tendría que romperse? Y entonces, una noche, mientras paseaba por el puente, se cruzó con dos huéspedes del balneario vestidos con kimonos blancos de algodón. Uno era Tabata, un nuevo escritor en alza como Nozaki y ella misma. El otro era Fujii, lo que se podría llamar un escritor en ciernes. Tabata se hospedaba en la misma posada que Kazúe, y se conocían de vista. En poco tiempo, Nozaki se había hecho amigo de Fujii. Le visitaban en su posada, en las cataratas de Seko, y él también les visitaba. Más tarde, sin embargo, esta amistad se convertiría en la causa de unos acontecimientos totalmente inesperados.

30

Fujii daba la impresión de ser un hombre de pocas palabras, pero a veces podía ser locuaz. Debió de encontrar un alma gemela en Nozaki, o al menos hizo todo lo posible para actuar como si lo hubiera hecho, ya que tras su primer encuentro en Yugashima, en el puente, iría casi diariamente a visitarle. Parecía un joven robusto, pero en realidad era terriblemente delgado. Más tarde les dijeron que ya estaba por aquel entonces en la tercera fase de tuberculosis. Pero incluso el propio Fujii no parecía especialmente preocupado por su salud, y nunca les dio a los otros motivo alguno para preocuparse por la suya. Reía mucho, reduciendo sus ojos como hilos muy finos. Tenía una risa peculiar. Algunas veces «ja, ja, ja», y otras muchas «jo, jo, jo», pero siempre resonando tímidamente.

Fujii debía de ser mucho más joven que Kazúe y que Nozaki, pero pensaba con madurez y era muy discreto. Más tarde

Kazúe se enteraría de que la verdadera forma de comportarse de Fujii era, en realidad, del todo contraria a las apariencias. Pero lo descubrió mucho después de que él muriese.

—¡Algunos canallas escriben mi nombre de pila *Haka*-kichi en lugar de *Moto*-kichi! —decía riendo, al explicar cómo algunos utilizaban el carácter que significa «tumba» en lugar del correcto «fundación».

Era capaz de hacer un chiste de algo tan banal como aquello.

Nozaki tenía negocios que atender y volvió solo a Magome. Kazúe se quedó en la posada, ya que aún no había acabado su proyecto. La mujer de un escritor bastante conocido, que también vivía en Magome, se encontraba en el balneario y cenaba con Kazúe cada noche. Fujii tenía por costumbre visitarlas cuando estaban acabando de comer. Cuando iba, se quedaba largo rato; a menudo hasta bien pasada la medianoche. Las criadas dejaban sus escobas boca arriba al final del pasillo y les molestaban con los plumeros. Intentaban todo tipo de estratagemas para que Fujii se marchara, pero este no se daba por aludido. O, si lo hacía, disimulaba. Parecía que tuviera tanto un lado perverso como un lado cortés. Pero Kazúe sabía que, al contrario de lo que podía parecer, había algo irreflexivo en Fujii. Estando en la taberna del balneario, ocurrió algo totalmente imprevisto y, precisamente porque era imprevisto, nadie le dio importancia.

Kazúe siempre tiene prisas por empezar una nueva aventura. Y, antes de que se dé cuenta de lo que está haciendo, inconscientemente repite una y otra vez las mismas pautas. Es una costumbre. Si se hubiese dado cuenta de lo que hacía, quizás entonces hubiese podido tomar medidas para evitarlo.

La casa de Magome era ahora más grande, y envió a su hermana menor, Tomoko, para ocuparse de ella. Kazúe y Nozaki se sentían seguros y esto les permitía pasar el tiempo viajando entre Magome y Yugashima. De vez en cuando Nozaki tenía que quedarse en casa para trabajar y Kazúe salía sola. ¿Cómo podía dejar a Nozaki, alguien de quien no se había separado ni un momento, e irse a Yugashima? La misma Kazúe lo encuentra difícil de entender. Ahora que han pasado más de cincuenta años, Kazúe puede seguir viendo cómo el sol poniente resplandece en los blancos biombos de *shōji* de la habitación de la posada frente al río en Yugashima. El río murmuraba dulcemente y, de vez en cuando, unas ranas, conocidas como «ciervos de río», cantaban. Fujii se sentaba y le hablaba. En realidad, no hablaba de nada en particular, solo de los cotilleos de la zona y de cosas por el estilo.

—¡Eh! Ha cogido un color bonito, ¿verdad? —dijo Fujii un día, cogiendo la bandeja del té.

Aquella bandeja se parecía a una que Kazúe había visto una vez cuando fue a visitarle a su posada. A Fujii le gustaba el té verde. Había hecho que un leñador le fabricase una bandeja con madera de zelkova, y había pulido la bandeja con un paño para dejarla lustrosa. Kazúe había decidido imitarle con su bandeja del té. Cuando Fujii le dijo aquellas palabras, su cara tomó la expresión de un viejo entendido. Kazúe sabía que este era uno de los aspectos del carácter de Fujii. Era un literato en ciernes, pero nunca discutía de literatura con Kazúe. No obstante, cuando Kazúe iba a su habitación, encontraba la papelera junto a su escritorio siempre llena de páginas que habían sido descartadas de sus manuscritos.

¿No existía un intercambio especial de sentimientos entre Kazúe y Fujii? ¿Su costumbre de imitar a los demás era signo, para los que rodeaban a Kazúe, del mucho tiempo que había pasado con Fujii?

Ocurrió una tarde de aquel verano. Kazúe paseaba con cinco de sus compañeros de Yugashima. Estaban contemplando los rápidos del río pasar bajo el puente cuando alguien dijo:

—Nadie es capaz de nadar con tal corriente.

—Yo sí —dijo Fujii.

Cuando le miraron, sus ojos casi cerrados por la risa, nadie pudo adivinar lo que haría a continuación. Se quitó la faja y el kimono y se lanzó desnudo a los rápidos. Nadó río abajo unas treinta yardas y entonces, todavía en medio del río, se giró para saludarles. Volvió a reírse. Kazúe pensó que Fujii no se había propuesto simplemente hacerles reír. Y aún no ha olvidado el miedo que sintió en aquel momento.

Cuando llegó el otoño y el monte Amagi estaba cubierto por un manto de hojas rojas y doradas, Fujii salió un día, diciéndole al conserje de la posada que se iba a escalar la montaña. Cayó la noche y no había regresado. El conserje se empezó a preocupar y al día siguiente organizó un grupo para rastrear la montaña, pero no le encontraron. Aquella tarde, cuando Fujii volvió, no pronunció ni una palabra de disculpa, ni siquiera cuando le dijeron que la gente del pueblo le había estado buscando. No le dijo a nadie si en realidad había escalado o no la montaña.

Fujii ocasionalmente se comportaba de una manera que nadie entendía. Kazúe le aceptaba tal como era. Una vez leyó uno de sus escritos en una revista de poca difusión. Su estilo era sencillo pero impactante. Kazúe notó que podía entender incluso lo que no estaba escrito. ¿Intentó alguna vez Kazúe comentarlo con Fujii? No, pero le gustaba lo que escribía.

Una vez, tras su regreso a Magome, Kazúe recibió una carta de Fujii diciéndole que tenía la intención de visitarla. ¿Cómo describir sus sentimientos? En cuanto hubo leído la carta, quiso contarle su contenido a todo el mundo. Salió corriendo de la casa gritando:

—¡El señor Fujii viene a Magome!

Más tarde, Kazúe entendió la impresión que aquel comportamiento causó en su entorno. Poco le importaba a la gente su llegada. Pero ¿qué pretendía Kazúe armando tanto escándalo, corriendo de un lado para otro, diciéndoselo a todos? No pensaba en lo que hacía. Sin embargo, entre su círculo de amistades empezaron a extenderse rumores acerca de sus especiales sentimientos hacia Fujii.

31

Años más tarde, Kazúe no pudo evitar plantearse cuáles habían sido exactamente sus sentimientos por aquel entonces. Si al menos hubiese sido consciente de lo que hacía... si al menos hubiese pensado antes de actuar... entonces, quizás, todo aquello no habría ocurrido. ¿Pero era posible?

¿No es posible que, aunque Kazúe hubiera sido consciente de sus actos, las cosas hubiesen acabado igual? Pues parece que aquella era la única posibilidad, casi una consecuencia natural.

HE LEÍDO TU PRIMER CAPÍTULO.
FELICIDADES. EMOCIONADA KAZÚE.

Envió este telegrama una mañana de otoño desde Yugashima a Nozaki, quien se encontraba en Magome. No sabía que él estaba escribiendo una novela para el *Diario Mainichi* y aquella mañana, al abrir el periódico en la posada y ver que a Nozaki le estaban publicando una historia por entregas, se sorprendió muchísimo. En cuanto vio la publicación, sintió su corazón llenarse de felicidad por el primer gran éxito de Nozaki. Ni se paró a pensar por qué no la había informado antes. Si hubiesen estado juntos, habrían compartido aquel momento de felicidad, pero Nozaki ni tan siquiera intentó hacer partícipe a Kazúe de su éxito. Al no tener teléfono en la casa de Magome, no estaban acostumbrados a llamarse. «Pronto me enviará una carta —se dijo Kazúe—. De todas formas, era de esperar en alguien que nunca explica nada de sí mismo».

Un escritor de la columna literaria del *Diario Mainichi* vivía en Magome y visitaba la casa de Nozaki. Sin embargo, para Nozaki no era tan solo un periodista. Era uno de aquellos amigos íntimos con los que, nada más conocerse, empezó a beber, cantar y charlar. Debía de haber intervenido en favor de Nozaki y haberle sugerido que presentase la narración. Al fin y al cabo, para eso están los amigos. Kazúe aceptó que aquel hombre era así de amable y pudo advertir la felicidad de Nozaki. «Probablemente esta noche darán una fiesta en la habitación que está en la colina. Tomoko irá a comprar sake». Pudo ver a su hermana corriendo a través del campo de rábanos. Al imaginar aquello, ¿no debió dejar a un lado su trabajo y volver rápidamente? A Kazúe le faltaba poquísimo para acabar un relato en el que había estado trabajando.

—En cuanto lo acabe... —se dijo.

Y no regresó aquella mañana.

Pero ¿qué habían visto los demás a través de la herida de su corazón? Kazúe no conocía los rumores que corrían por Magome, y no los conocería hasta mucho, mucho más tarde. ¿Qué esperan los amigos íntimos que rodean a una pareja casada? Kazúe no lo sabía. La pareja había estado tan unida que nunca se había separado, ni tan solo por un segundo. Algunos los observaban como si fuesen algo especial. De todas maneras, les agradaba ser observados. ¿Por qué entonces los sentimientos se hicieron tan difíciles cuando, a causa de una simple broma, la estabilidad de aquellas miradas fijas pareció desaparecer súbitamente?

—¡Voy a ir a verlo con mis propios ojos! —proclamó un miembro de su círculo de amigos, y partió hacia Yugashima.

Pero Kazúe no entendió el propósito de su visita hasta mucho más tarde. Y ¿qué impresión había causado en este hombre la relación de Kazúe con Fujii?

—¡Es indignante...! Se están burlando de Nozaki, ¿vamos a permitir que se salgan con la suya?

Este fue el informe que dio a su regreso.

Hay algo que Kazúe siempre recordará con claridad: toda mujer que ha sido rechazada por un hombre inventará ante sí misma toda clase de excusas para sentirse mejor. Pero Kazúe no había sido rechazada. Quería creer que todo había sido provocado por terceros, llevados por la malicia y el afán de conspiración. Hicieron que pareciese como si ella hubiese sido rechazada. Una mujer rechazada por un hombre nunca aceptará el hecho de que pertenece al tipo de mujer que puede ser rechazada. Querrá creer que existe otra razón para ser abandonada. Kazúe pertenecía a esa clase de mujer.

¿Qué había pasado en su hogar de Magome durante su marginación en Yugashima? Cada noche, como un reloj, Nozaki y su grupo salían por los bares y cafés del pueblo. A veces Nozaki no regresaba a casa hasta el amanecer.

—¿Qué hace Kazúe? —le preguntaba a él su madre constantemente.

Nozaki quedaba con un grupo de amigos y les invitaba a pasar la noche en el pueblo con el dinero que había ganado en el diario. Se divertía así. ¿Había algo más que hacer? Kazúe regresó una noche. Nozaki había salido, pero envió un mensajero a decirle que todo el mundo estaba en el Shawadaya, en la costa de Ômori, y que pasara por allí. El Shawadaya era un restaurante especializado en cangrejos. De hecho, todo lo que servían era cangrejo y, evidentemente, cerveza y sake. Era un lugar muy sencillo, pero las habitaciones privadas eran espaciosas y una agradable brisa marina las invadía cuando las ventanas estaban abiertas. Kazúe conocía el sitio como uno de los refugios de Nozaki y estaba acostumbrada a ir allí. Cuando abrió la puerta corredera de papel y entró en la habitación, se encontró rodeada de caras familiares, todas inundadas de sake.

—¡Hola, Kazúe!

—¡Aquí! ¡Aquí! Ven aquí, quiero presentarte a nuestra pequeña Tama-chan.

Hacía mucho tiempo que Kazúe no veía a Nozaki, y sentada junto a él había una jovencita a la que ella no conocía.

—Tama-chan, esta es Kazúe.

Era joven, casi una niña. Su pelo estaba recogido en un sobrio moño y llevaba un kimono estampado. Miró fijamente a Kazúe cuando la saludó.

—Buenas noches —respondió Kazúe con amabilidad.

¿Cómo pudo ser que, desde el primer momento en que la vio, se diese cuenta de que aquella chica era importante para Nozaki? La muchacha tenía las mejillas arreboladas, y sus ojos brillaban como si estuviese en trance, incapaz de ver a Kazúe. Pero no solo a Kazúe, sino tampoco a toda la gente que la rodeaba.

—Eh, Tama-chan, cántanos aquella canción. Ya sabes, la de siempre.

Los demás la animaron con sus voces.

Sus hombros se balancearon ligeramente y entonces empezó a cantar. Era la canción que cantaba Nozaki cuando estaba borracho. Una especie de poema chino con una melodía triste. Cuando los demás vieron cómo cerraba los ojos y movía los hombros, igual que lo hacía Nozaki cuando cantaba, empezaron a aplaudir satisfechos. ¿Quién hubiera creído hasta qué punto sus ojos se embriagaban con su juventud?

Para Kazúe no existía canción más cruel que aquella. Un atisbo de tristeza le inundó la cara, pero cuando la chica vio aquello, ¿dejó de cantar? No, estaba demasiado pendiente de su propia felicidad para detenerse. Y era demasiado inocente para ver que su canción hería a alguien. La inocencia es, después de todo, lo que permite a los niños arrancar las alas a las moscas. Y ¿a quién se le ocurriría detenerlos? Ni siquiera cuando los aplausos hubieron cesado, la chica se dio cuenta.

32

Tras aquella noche, hubo un cambio sutil en la relación entre Kazúe y Nozaki. Kazúe no sabía si abrazarle por la noche cuando se iban a la cama. «¿Qué pretende?», se preguntaba. Estaba dispuesta a hacer todo lo que él quisiese, aunque fuese lo que más temía. ¿Era aquella su forma de probar que lo quería? No. No, no lo era. Kazúe llega a esta conclusión cada vez que tiene la oportunidad de recordar los acontecimientos de aquellos días. Pero ¿acaso le preguntó alguna vez Kazúe algo acerca de la chica que había visto en el Shawadaya?

—Shichirō, ¿qué kimono te quieres poner? —le preguntaba ella.

Nunca le preguntaba adónde iba. Nozaki se mostraba mucho más amable que antes. Siempre volvía a casa, aunque fuese tarde. A veces, volvía cuando estaba ya casi amaneciendo. Kazúe se estiraba en la cama y esperaba oír el golpeteo de sus sandalias de hierba descender por la colina, rompiendo el silencio de la noche. Fritz empezaba a aullar cuando ya era muy tarde. ¿Suponéis que Kazúe recordaba cómo, años atrás, alguien la había esperado a ella como ella esperaba ahora a Nozaki? ¿Suponéis que encontraba alguna similitud entre aquellas dos épocas de su vida?

Ahora Kazúe ha olvidado lo que es esperar. No recuerda el sabor de la amargura. Y no intenta culpar a los demás por su suerte en esta vida. Si alguien le hiciese a ella lo mismo que ella hizo a otras personas, no le odiaría por ello. Después de todo, Kazúe nunca fue consciente de lo que hacía. Simplemente, tomaba lo que la vida le ofrecía, sin más resistencia que una hoja llevada por el viento.

Un día Nozaki no volvió a casa, ni siquiera por la mañana. Y ocurrió una y otra vez. Cuando Kazúe abrió la cortina del ventanal junto a su cama y miró afuera, se preguntó qué significaba todo aquello. Lo sabía. Había oído que había cogido una habitación en un hotel de Azabu para poder escribir. De nuevo, Kazúe no recordaba cuándo, algunos años antes, ella había dejado su casa en Hokkaido para ir a Tokio. Tampoco recordaba cómo había dejado que los platos se helasen en el fregadero o cómo se había marchado sin pagar los billetes de lotería. Por muy triste que fuese el paisaje que veía por la ventana, Kazúe no era capaz de recordar, ni en sueños, cómo había hecho sufrir a otros aquello que ella estaba sufriendo ahora. Simplemente era incapaz de ver más allá de lo que ella creía que eran sus exclusivas circunstancias.

Sin Nozaki, la casa era demasiado grande para ella. Antaño había estado, día y noche, llena de invitados. Pero ahora estaba vacía. Nadie, ni un alma, visitaba a Kazúe ahora que estaba sola. Quizás estaban todos en el pueblo, con Nozaki, bebiendo y cantando como lo hacían cuando venían a la casa. ¿Qué más podía esperar? A fin de cuentas, eran sus amigos. Kazúe había sido abandonada. No podía soportar aguantar mansamente en casa. Si había algo que no podía hacer era sufrir en silencio. Nada era más difícil. Y entonces se puso en marcha. ¿Suponéis que la gente interpretó lo que ella hizo como prueba de la banalidad de su amor por Nozaki? ¿Que lo interpretaron como evidencia de su inconstancia?

Kazúe no podía esperar sola en casa a que Nozaki volviese. Quería salir e ir a algún sitio. Quería hacer algo. Nunca pensó que lo hacía para olvidar a Nozaki. No tenía la suficiente paciencia como para esperar sentada. Pasaba a buscar a su hermana e iban al mercado. Llevaba a pasear al perro y corrían por el campo. Y un día fue al pueblo y se cortó el pelo *a lo garçon*.

—¿Kazúe?

—¿Qué has hecho?

Suegra y cuñada se horrorizaron al verla. Muy pocas mujeres de aquella época se cortaban el pelo tan corto. Cortarse el pelo era la actitud más radical que podía adoptar una mujer. Con aquel pelo, Kazúe parecía otra persona. Ya tenía veintisiete años, pero parecía tener apenas veinte y eso fue lo que escandalizó a su suegra y a su cuñada.

En lo más profundo de su conciencia, ¿intentaba parecer tan joven como la chica del Shawadaya? Estaba muy animada, tan animada que no parecía que la hubiesen abandonado. La casa de Magome no había cambiado. Nozaki ya no estaba, era el único cambio. Su madre y su hermano seguían allí. Siguieron relacionándose con Kazúe como si Nozaki no se hubiese marchado. Los niños seguían allí, y también el perro. ¿Acaso los que la rodeaban se negaban a creer en la desgracia de Kazúe?

Por una vez, pareció que sus plegarias iban a ser atendidas. Nozaki volvió tras haber estado ausente más de medio mes. Estuvo un par de días, se fue y no volvió. No, volvería de vez en cuando y se iría de nuevo. Parecía que no quisiera que la gente pensase que él y Kazúe se habían separado. O quizá quería hacerla sufrir poco a poco, para prepararla para el golpe final. Parecía que había conseguido en parte su objetivo. Su separación final fue tan lenta que Kazúe no estaba segura de cuándo ocurrió. E incluso, tras su definitiva separación, se persiguieron el uno al otro por las casas de sus amigos del pueblo —nunca en su propia casa— y entonces se separaban como viejos amigos que se ven a menudo.

Una tarde llegó una carta dirigida a Kazúe. No reconoció al remitente, pero reconoció la dirección, el pueblo de Kitagouchi, ya que estaba cerca de su pueblo natal. Era un lugar hacia las montañas. La carta estaba escrita con pincel en un rollo de papel. Los caracteres eran desiguales, algunos grandes, otros pequeños; las pinceladas eran irregulares.

Me pregunto si me has olvidado, soy el hijo del alcalde de Kitagouchi. Sucedí a mi padre y ahora soy yo el alcalde. Inspeccionando la construcción de una carretera entre nuestro pueblo y el más próximo, fui herido por una explosión de dinamita. Como consecuencia del accidente me tuvieron que amputar los brazos y las piernas, y he aprendido a escribir con la boca. Copio sutras a Kannon, la diosa de la Misericordia, día y noche. Ahora, este es mi trabajo. Y, aunque han pasado muchos años, nunca he olvidado el tiempo que una vez compartimos.

Esto era lo esencial de la carta. De repente la imagen de un pasado lejano surgió ante Kazúe. La mañana en que había fingido estar loca y ahuyentado a su pretendiente volvió a ella como un sueño. Pero el recuerdo pronto desapareció como las sombras de una linterna mágica. La noticia de que aquel hombre había perdido sus extremidades y ahora copiaba día y noche sutras a Kannon con un pincel en la boca no dejó más que un reflejo pasajero en el corazón de Kazúe. Lentamente, rompió la carta en pedazos.

33

—Tomoko, cuida de la casa mientras estoy fuera, por favor —gritó Kazúe saliendo.

Había hecho venir a Tomoko desde su pueblo natal y al parecer solo para vigilar la casa. Parecía que Kazúe confiaba en que su hermana vigilase que el fino hilo que ahora la unía a la casa no se rompiese durante su ausencia. Cuando Kazúe se iba, llevaba consigo su cesta con una muda, papel para escribir y otras cosas de ritual. ¿Había algún lugar en el mundo entero fuera de su alcance? Kazúe iba a Yugashima con frecuencia, diciéndole a su familia que iba allí a escribir.

Fujii estaba en Yugashima. Pero en aquel momento Kazúe vio que la inexplicable atracción que había sentido hacia él durante los dos últimos años se estaba desvaneciendo. ¿Eran realmente los humanos criaturas capaces de rebosar de encanto y al minuto siguiente no tenerlo? Fujii no había cambiado; Kazúe, sí. Como una cigarra que rompe su caparazón.

En la posada donde Kazúe tenía alquilada la habitación, se hospedaban un hombre de mediana edad, aficionado a la literatura, y un joven. Ambos la visitaban con frecuencia. El mayor de los dos decía tener problemas de sueño y tomaba habitualmente pastillas alemanas para dormir.

—¿Puedo tomarme una? Me gustaría probarlas —preguntó Kazúe.

La primera pastilla que tomó no cumplió con su cometido. Pero encontró que la dejaba en un estado de semitrance, como si estuviese en medio de un sueño. En semitrance o no, Kazúe era perfectamente consciente del efecto que la droga ejercía sobre ella.

—Mmm. Me siento bien. ¿Puedes darme unas pocas más?

Le encargó que le comprara algunas para ella y él se las envió desde Tokio. Una noche, tras haber tomado unas cuantas pastillas, salió con un grupo de gente a cazar luciérnagas. Se movía como una sonámbula y caminaba pausadamente para que los otros no se diesen cuenta de su estado. La brisa del río resultaba sedante.

Cuando volvió en sí, se encontró caminando por unos arbustos, a cierta distancia de los demás.

—Estás bien. Solo apóyate en mi hombro —le dijeron agarrándola por el brazo.

Era un chico que acababa de llegar a la posada. Kazúe no le conocía. Todo lo que sabía era que era alto, de piel clara y con los dedos bellamente formados.

—Me siento de maravilla. ¿Me has sacado tú de ahí? —preguntó, pero, en cuanto se giró para mirarle la cara, él la tumbó sobre la hierba.

No opuso resistencia. Solo podía pensar en lo agradable que era el contacto de la hierba fresca contra su cuerpo febril. No dijo nada. Podía ver las luces de las posadas brillar a través de la oscuridad del campo.

—¿Por qué no te lavas en el río? —sugirió el hombre.

¿Se lo propuso para evitar que quedase embarazada? Kazúe asintió con delicadeza. No sabía si su estado de semitrance había sido producido por el hombre o por las drogas. Pero no ha olvidado que debió expresar su gratitud hacia aquel hombre por la manera violenta en que la trató.

Al día siguiente, el hombre dejó la posada. Kazúe no sabía si era porque había oído algún cotilleo y sabía que era una perdida. Sí, una mujer perdida de lleno en la desesperación. Quizás lo sabía y por eso la sedujo, en busca de un ligue de una noche. Este pensamiento no mermó el amor propio de Kazúe. Le era igual el porqué. Y no creyó que la manera en que el hombre la había tratado le hubiese producido liberación alguna. Pero, desde aquella noche, Kazúe cambió su comportamiento.

Durante los meses de invierno, unos cuantos estudiantes llegaron a la posada para preparar los exámenes de servicio civil superior. Los baños termales eran mixtos, y siempre que la mirada de Kazúe se cruzaba con la de un hombre que llegaba a la recepción recién salido del baño, se retiraba a su habitación con claras muestras de timidez. Pero cuando sabía que había un estudiante en el baño, se quitaba el kimono a la vista de todos y entraba decidida en el agua. El baño era una piscina de agua caliente rodeada por rocas y de cara al río. Una noche, en el baño, los ojos de Kazúe se fijaron en la silueta desnuda de un joven estudiante. Su cuerpo estaba bronceado y era musculoso, aunque conservaba la frescura de la juventud. Cuando Kazúe empezó a quitarse la faja del kimono, vio sus ojos destellar.

—Oh, eres tú, ¿no? —le dijo Kazúe.

Aquella misma mañana, yendo de paseo, el perro del conserje de la posada se había llevado jugueteando una de sus sandalias de madera. Aquel era el estudiante que había perseguido al perro y recuperado la sandalia. Le había parecido tan joven con su kimono estampado que a Kazúe le costaba creer que el hombre que tenía enfrente fuera el mismo.

—Ven a visitarme, ¿vale?

¿Podría decirse que su invitación no tenía otro objetivo que el de una simple visita? En cuanto anocheció, el chico fue a su habitación. En aquella posada rústica era costumbre entre los invitados reunirse en una habitación durante las comidas, y allí es donde cenarían. Después de la cena, los dos salieron a pasear hacia el desfiladero de la montaña. Fue un largo paseo y no volvieron hasta tarde.

—Ven por aquí. Nadie te verá.

Kazúe condujo al chico por la parte trasera y subieron por una estrecha escalera justo al lado del cuarto de ventilación. Le hizo pasar a su habitación. ¿Por qué lo hacía? No estaba segura. Pero, tras haberlo hecho, se sintió capaz de hacer cualquier cosa. A la mañana siguiente, antes del amanecer, el chico se escabulló por la misma escalera y volvió a su habitación.

Pronto le llegó el momento de volver a Tokio para examinarse.

—Lo más seguro es que no apruebe y, la verdad, me da igual —dijo con una sonrisa la noche antes de partir.

¿Había que culpar a Kazúe si suspendía?

—Hace frío, así que ponte esto en tu camino de vuelta a casa.

Una noche Kazúe lo había vestido con un chaleco tejido a mano. Siguió llevando el chaleco de lana chillón bajo su camisa, como si fuese una armadura. Al verlo, Kazúe recordó lo inocente que era.

«Así que soy una seductora», pensó Kazúe, y no pareció preocuparse de si este hecho la hería o no.

Recibió una carta del chico desde su casa de Noto informándole de que había suspendido el examen. Aquello puso punto final a su relación.

Kazúe decidió que si a partir de entonces hería a los demás con sus actos, ella no era la responsable. No, no es que ella lo decidiese. Simplemente no podía entender por qué, cuando entre un hombre y una mujer existía una relación, alguien tenía que acabar herido. A lo largo de su vida, había sido la víctima en múltiples ocasiones. Pero nunca más volvió a guardar rencor a los que la hirieron.

34

Kazúe sabía que la posada de unos baños termales era el típico sitio donde era fácil que hombres y mujeres se relacionasen. Pero, incluso después de dejar Yugashima y volver a Tokio, no pudo cambiar sus costumbres de la noche a la mañana. No permaneció en su casa de Magome, ya que trabajó en un pequeño hotel en la costa de Shinagawa. Con el pelo corto y maquillada llamaba mucho la atención.

—¿No es usted la señorita Yoshino? —le preguntó un chico un día.

El hotel, en realidad, no era más que un edificio de tres pisos de madera, bastante parecido a los edificios de apartamentos de hoy en día. Se lo encontró en el rellano del segundo piso.

—Eres tú, ¿no es cierto? Pero es que has cambiado tanto...

Era un hombre joven vestido con ropa occidental. Kazúe no le reconoció.

—Quizás te he confundido con otra persona —continuó él—. Había un restaurante en el sótano del banco Nihonbashi...

Al oír esto, Kazúe empezó a recordar. Habían pasado siete u ocho años desde que, viviendo en Tokio con Jōji, había trabajado en aquel sótano. Pero, pese a todo, seguía sin reconocer a aquel hombre.

—Perdóneme si me equivoco, pero creo que trabajamos juntos en aquel restaurante. Me llamo Yoneda. Yoneda Asakichi.

Aquel hombre era ahora el gerente del hotel de Shinagawa donde Kazúe se hospedaba.

—Lo he olvidado... Sencillamente no me acuerdo —dijo Kazúe encogiéndose de hombros.

Pero, en realidad, no era aquella la única época que había olvidado... o de la que no guardaba ningún recuerdo. Excepto aquellos momentos que le causaron una fuerte impresión, no había nada que permaneciese por mucho tiempo en la memoria de Kazúe, fuese bueno o malo. Así era. Quizás la mayoría de aquellas cosas pasaron tan rápido que no dejaron ninguna impresión duradera. O quizás, como solo le preocupaba lo que a continuación pudiese ocurrir, lo inmediato, no conseguía concentrarse en lo que, en aquel momento, no la concernía realmente. Pero cuando Kazúe vio que los ojos de aquel hombre, hundidos bajo sus cejas pobladas, rebosaban de simpatía, tuvo la certeza de que ya lo había visto antes. Sabiendo que ella le había reconocido, el hombre bajó las escaleras y le dijo:

—Traeré algo para beber.

Y al poco rato apareció en la habitación de Kazúe con una botella de sake. Se había cambiado de ropa.

—Me recuerdas ahora, ¿verdad? Gracias.

Bebieron un vaso tras otro. Podían ver las luces del puerto desde la ventana. Kazúe sentía que no estaban en Tokio sino en algún país lejano.

—Entonces estaba enamorado de ti —dijo el hombre.

Y Kazúe fue presa de la ilusión de que ella también debió de estar enamorada de él.

Dejaron el hotel. A lo largo de la costa había docenas de hoteles donde un hombre y una mujer podían pasar la noche juntos. Se quedaron en uno.

Kazúe dejó el hotel al día siguiente. Después de haber visto el comportamiento de Kazúe por aquel entonces, ¿quién dudaría de que el hombre y la mujer son de tal naturaleza que pueden estar abrazándose un minuto y al minuto siguiente separarse como hacen las libélulas o las cigalas? Incluso hoy Kazúe lo pasa mal al intentar entender la persona que era entonces. Pero interpreta lo que hizo simplemente como un hecho puntual, nada más. Pronto olvidaría que su cuerpo había estado apretado contra el de un hombre. Pero para Kazúe aquello no constituía en modo alguno una absolución. Francamente, tampoco era tan agradable. No importaba quién, siempre tendría una pareja. Acabarían juntos en la cama de manera espontánea. Era todo lo que ocurría. Pero, más tarde, Kazúe acabó dándose cuenta de que, en algún lado oscuro y escondido de su conciencia, su comportamiento le había dejado una marca. Sí, aun cuando la gente esté absorta en lo que cree son actos inconscientes, ¿es posible que olvide lo que está haciendo? Y, además, con Fujii, con el que se había entendido tan bien, no había habido ningún contacto físico. ¿Cómo podía explicarse aquello?

Después de que Kazúe volviera a Magome, los amigos empezaron a agruparse a su alrededor. Ya había pasado un año desde su separación de Nozaki. Pero había llegado a un punto en que, cuando la gente miraba a Kazúe, no se compadecía de ella. Ella estaba exultante. Tampoco había transcurrido tanto tiempo desde la separación, pero sí el suficiente para poder relacionarse con los demás con comodidad. Sus invitados eran casi todos diferentes de los que recibía con Nozaki. Al llegar la noche, se reunía un numeroso grupo de amigos y el sake corría a raudales. Y, entonces, un día, alguien dijo: «¡Pasemos la noche aquí!». Nadie puso objeciones. Extendieron colchones por el suelo de linóleo de la espaciosa habitación. La madre de Nozaki y Tomoko estaban en el ala inferior. La familia del hermano se encontraba en la casa de la colina. ¿Cómo puede ser que una casa regule los sentimientos de sus ocupantes? La casa de una mujer que vive sola libera los sentimientos de los que la visitan; pero, significativamente, Kazúe no intentó evitar tal liberación. Las luces estaban apagadas. El hombre echado al lado de Kazúe la abrazó. Ella no recuerda quién era. Cuando llegó la mañana vio que era el joven marido que vivía en la casa con el techo rojo y de estilo occidental de Usudazaka. A pesar de ello no perdió la serenidad. Y, al cabo de unos días, cuando acudió a visitarla la mujer de aquel hombre, se mantuvo igualmente serena.

Al llegar el otoño, Kazúe viajó a Kansai. Le habían pedido que escribiese un folletín para *Últimas Noticias* y fue allí para reunir material. Una vez acabado su trabajo, se tropezó con un hombre en un café de la avenida Shijō, de Kioto, donde se había detenido un momento para descansar.

—¿Cuántos años han pasado? ¿Diez? No, creo que más —dijo él.

Había sido amigo de Jōji y le había visitado cuando este estaba con Kazúe en el hostal del Chion-in. Dijo que ahora era profesor en una universidad privada de Kioto.

—¡Menuda sorpresa! ¡Quién podía imaginar que te encontraría aquí! ¡Me pregunto qué pensaría el viejo Kajimura si lo viese! Pero qué coincidencia después de diez años. ¿Por qué no cenamos juntos? —preguntó, y añadió—: Tendría que llamar a... ¿cómo se llamaba? ¿Sabes?, ¡era el que más te quería de todos!

Y se apresuró excitado a llamar a su amigo.

Los tres se encontraron más tarde, de noche, en un restaurante de lujo en el Parque Muruyama. Durante los días que siguieron a aquella cena, la invitaban, por separado, a pasar la noche con cada uno de ellos. En la cama, nunca pensó en decir: «Oh, por favor, guardémoslo como nuestro pequeño secreto».

Había pasado mucho tiempo desde que vio por última vez a Jōji, y casi hacía el mismo tiempo que no veía a aquellos amigos suyos. ¿No era eso suficiente para ensombrecer el corazón de Kazúe? Pero no, no estaba asustada lo más mínimo, como tampoco lo había estado aquella misma primavera, cuando durmió con un conocido en la misma casa donde había vivido con Nozaki. Y lo mismo le había ocurrido cuando la mujer de aquel hombre, que ignoraba el asunto, le hizo una visita.

Cuando un hombre y una mujer duermen juntos, ¿significa algo? Desde que Kazúe era pequeña profesó una única idea acerca del matrimonio. Se había convencido de que las promesas entre un hombre y una mujer no tenían gran significado y acostumbraban a llevar al matrimonio. Y ahora, a un nivel más amplio, se negaba a otorgar valor alguno al matrimonio. ¿Llegó Kazúe a esta conclusión de repente? ¿O, negándole valor al matrimonio, conseguía superar otras barreras? Al menos, había dejado atrás las preocupaciones que había tenido sobre lo que ocurre entre hombres y mujeres.

35

—¿Nos vamos? Ven, entra en el coche.

Kazúe no tuvo tiempo para decir que no. Pero ¿lo habría hecho de todas formas? Entró en el coche que él había alquilado y se dirigieron hacia su casa. Se acababan de conocer en la pequeña taberna frente a la estación de Ōmori. Kazúe sabía, sin necesidad de escuchar los cotilleos que la rodeaban, que aquel hombre era el artista Tanabe Tókó, recién llegado de París. Había causado un gran escándalo un mes antes cuando intentó suicidarse junto a una joven por amor. Unos siete años atrás solía frecuentar aquel restaurante de estilo occidental en Hongo donde Kazúe trabajaba, y de allí la recordaba él.

Era una fría noche a principios de primavera. Cuando llegaron a su casa en las afueras de la ciudad, Tanabe llamó a alguien en voz alta. Nadie contestó. Caminaron rodeando el seto de altos cipreses y entraron en el ala exterior de detrás de la casa. La luz iluminaba la habitación oscura. Kazúe no se preocupó por lo que hacía. Estaba bebida. Pero no era esta la razón por la cual había venido. Era simplemente que la regla general de que, cuando llega la noche, la gente se va a su casa y duerme en su propia cama no existía para Kazúe. Y ¿por qué había escogido a aquel hombre —entre tantos— para pasar la noche junto a él, un hombre que recientemente había atraído sobre sí la atención pública? ¡Cuántos debieron preguntárselo! Pero Kazúe ni tan solo intentó dar sentido a sus acciones. ¿Quiere esto decir que el hombre la forzó a acompañarle? No, ella desde luego no lo creyó.

Cuando se levantó al día siguiente y empezó a recoger las sábanas que habían utilizado, vio que estaban horriblemente manchadas de sangre. Observó que las sábanas crujían donde la sangre se había secado. ¿Le hizo palidecer aquella visión? De repente imaginó que él había intentado suicidarse con aquella chica allí, en aquella misma habitación. Pero no se giró hacia Tanabe, que estaba junto a ella, ni tampoco le preguntó: «Es la sangre de aquella noche, ¿verdad?».

Aquello había sucedido hacía tan solo un mes. Y, aunque había dormido en la misma habitación donde ocurrió aquel sangriento incidente, no creyó que ni el resultado de lo ocurrido ni la relación de Tanabe con aquella mujer tuviesen nada que ver con ella.

—Adiós. Volveré más tarde —dijo otro día Kazúe, a punto de marcharse.

—¿Ya te vas? ¿No te quedas un día más? —preguntó él.

Kazúe no sabía qué era lo que la retenía allí. La atmósfera desolada de aquella casa parecía mejorar cualquier sentimiento de decadencia. O quizás simplemente encontró una atmósfera reconfortante. ¿Les reconfortaba a ambos, sin ser realmente conscientes de lo mal que estaban, acurrucarse juntos como dos perritos? Kazúe se quedó en la casa de Tanabe durante tres o cuatro días.

—Eres una mujer extraña. Puedes mirar al cañón de una pistola que te apunta y ni tan siquiera pestañear. ¿No te asusta nada?

Tanabe dijo esto tras haber apuntado con una pistola a Kazúe haciendo ver que iba a disparar. Ella lo miró impertérrita. ¿Creyó que él solo estaba bromeando, que no tenía ninguna intención de apretar el gatillo? ¿O simplemente no le importaba, pasase lo que pasase? Y en aquel preciso instante, supo que algo había acabado. Que hubiese llegado al punto donde podía encararse al cañón de una pistola tenía que significar algo. Ahora, cuando pensaba en quedarse en la casa de Tanabe, no podía ni imaginarse qué era lo normal.

Tanabe salió una noche, diciendo que tenía negocios que atender. Más tarde, Kazúe se preguntaría si el negocio al que se refería no era un plan para conseguir más dinero a fin de poder seguir viviendo juntos en aquella casa un poco más.

—Ahora mismo vuelvo. Espera aquí... no te muevas hasta que vuelva —dijo al marcharse.

¿Lo dijo porque no confiaba en que Kazúe se quedase? Cuando estaba enrollándose una bufanda de vivos colores alrededor de su cuello, Kazúe vio de reojo la cicatriz que tenía allí. Durante dos horas, quizás tres, esperó sola en la habitación oscura. Había estado con Tanabe día y noche durante los cuatro o cinco últimos días, pero ahora que estaba sola, sintió que veía la habitación por primera vez. Se sintió como si estuviera en un agujero negro, en algún lugar, en un mundo completamente extraño a la salvaje y caótica vida que había estado llevando aquellos dos últimos años. De repente, empezó a preguntarse, como alguien recién salido de un sueño: «¿Qué soy? ¿Qué estoy intentando hacer?». Estaba en medio de un barrio residencial en las silenciosas afueras de la ciudad. Podía oír silbar el viento lejano. Era totalmente inesperado, pero de repente Kazúe quedó sobrecogida por la ilusión de que estaba sola en su casa natal, una casa que no había visto en muchos años. Imaginó que el sonido que oía era el viento soplando a través de los matorrales, junto a su casa. Ese era el sonido. Creía que era el sonido del viento que había soplado a través de los acontecimientos de su infancia, hacía ya tanto tiempo, y que había soplado a través de todos los acontecimientos que habían ocurrido desde entonces. Era el sonido del viento que había barrido la figura de su padre mientras se arrastraba en la carretera aquella nevada mañana, tosiendo sangre.

Kazúe se encontró temblando sentada en medio de la habitación, que, tras la partida de Tanabe, parecía una cueva desconocida. ¿Qué demonios había estado haciendo? ¿No estaba haciendo justo lo que su padre le había prohibido... aquello por lo cual, una mañana de nieve, había perdido la vida? Era patético, pero su padre también había hecho lo que más tarde le prohibió a ella. Y ¿no seguía ella el mismo camino?

Kazúe cogió el chal que había dejado en un rincón de la habitación. Se lo puso por los hombros y salió. ¿Tenía previsto salir mientras Tanabe estaba fuera? ¿Quería huir e ir a otra parte? Kazúe no lo sabía. Se escabulló a través del seto. La carretera estaba oscura. En la lejanía podía ver una luz. Kazúe se detuvo. Miró a su alrededor y entonces, cubriéndose la cabeza con el chal, corrió por la oscura carretera adelante.

Este libro
acabó de imprimirse
en Barcelona
en febrero de 2023